G000058584

DES MÊMES AUTEURS

Dans la collection Folio

Martin Amis

EXPÉRIENCE (n° 4162)

L'INFORMATION (n° 3129)

MONEY, MONEY (n° 3723)

POUPÉES CREVÉES (n° 3797)

RÉUSSIR (n° 3796)

TRAIN DE NUIT (n° 3508)

L'ÉTAT DE L'ANGLETERRE *précédé de* NOUVELLE CARRIÈRE (n° 3865)

Graham Swift

LE PAYS DES EAUX (n° 2536)

Ian McEwan

AMSTERDAM (n° 3728)

UN BONHEUR DE RENCONTRE (n° 3878)

LES CHIENS NOIRS (n° 2894)

DÉLIRE D'AMOUR (n° 3494)

L'ENFANT VOLÉ (n° 2733)

EXPIATION (n° 4158)

L'INNOCENT (n° 3777)

SOUS LES DRAPS ET AUTRES NOUVELLES (n° 3259)

PSYCHOPOLIS ET AUTRES NOUVELLES (n° 3628)

Martin Amis
Graham Swift
Ian McEwan

Contemporary
English Stories

Nouvelles anglaises
contemporaines

Traduit de l'anglais
par Jean-Michel Rabaté
Robert Davreu, Françoise Cartano

Préface de Christine Jordis

Gallimard

Dans les années soixante-dix, le paysage littéraire anglais était un peu morne; les « sagging seventies » les a-t-on appelées, les molles années soixante-dix. Certes, nombre de romancières publiaient avec régularité des livres honnêtes qui prenaient pour sujet la vie quotidienne des femmes, mais cette production était sans surprise. C'est dans ce contexte, dépourvu d'excitation majeure comme de catastrophes, que déboulèrent à grand fracas sur la scène quelques jeunes écrivains qui ne devaient pas la quitter de longtemps.

Ian McEwan avait vingt-sept ans lors de la parution de son premier livre, First Love, Last Rites[1] *(1975), un recueil de nouvelles qui fit sensation. Il fut suivi de près par un autre recueil,* In Between the Sheets *(1978), et, la même année, par* The Cement Garden[2] *où l'on voit quatre enfants, qui vivent dans une grande maison plantée dans un terrain vague, parmi les orties et les débris de tôle ondulée, trouver une solution originale*

1. Une sélection des nouvelles parues dans *First Love, Last Rites* et *In Between the Sheets* a été publiée dans *Sous les draps et autres nouvelles*, Gallimard, 1997, Folio n° 3259.

2. *Le jardin de ciment*, Seuil, 1980.

pour disposer du corps de leur mère, après qu'ils ont gen-
timent poussé leur père dans la tombe. À trente ans tout
juste, McEwan était salué comme l'un des « écrivains
anglais contemporains les plus importants », le porte-
drapeau d'une nouvelle génération. Pour expliquer un
tel phénomène, certains arguèrent, peu généreusement,
de l'argument de scandale contenu dans son œuvre. Ses
nouvelles traitaient de meurtre, d'inceste, d'enfances mises
au secret, abusées, violentées ou criminelles, des thèmes
qui ont depuis lors fait fortune mais qui, à l'époque, ren-
daient un son de nouveauté. Comment donc ? voilà des
récits qui tous prenaient pour thème l'amour, cela dans
le cadre rassurant de la famille et puis, sans crier gare,
alors qu'ils vous avaient tranquillisé, ils vous confron-
taient brusquement au meurtre, à la folie, à des perver-
sions en tout genre, à des fantasmes de cruauté qu'on
tient d'habitude soigneusement enfermés dans un pla-
card ! Des textes brefs, d'autant plus déroutants que l'au-
teur s'arrangeait pour brouiller les frontières les plus
marquées, si bien qu'on ne savait plus très bien, des pul-
sions souterraines ou de la réalité familière, quel élément
dominait ni en quel terrain on se trouvait.

À peu près à la même époque, au début des années
soixante-dix, Martin Amis, qu'on ne tarda pas à appe-
ler « l'enfant terrible des lettres anglaises », publiait The
Rachel Papers[1] *(1973), son premier roman. Suivaient*
Dead Babies[2] *(1975) et* Success[3] *(1978) où il se livrait*
à une satire en règle de la société permissive, à un jeu
de destruction tous azimuts. Un groupe de fantoches et
de monstres — les « bébés morts » du titre — sont réunis

---

1. *Le dossier Rachel,* Albin Michel, 1977.
2. *Poupées crevées,* Gallimard, 2001.
3. *Réussir,* Gallimard, 2001.

*dans une maison de campagne, le temps d'un week-end,
dans la drogue, le sexe et la débauche — leur environ-
nement habituel. Énergie, inventivité, férocité, un zeste
de goût pour le morbide et le détail horrifiant : les images
sont fortes et le message passe. La nouvelle intitulée
«Eau lourde[1]», qui fut d'abord publiée dans le New
Statesman en 1978, est un bon exemple de cette manière
choc. Ici encore, l'histoire d'une relation amoureuse,
mais cette fois entre une mère et son fils ; l'extrême noir-
ceur de la vision le dispute au comique.*

*Le thème de l'amour, avec son cortège d'horreurs — un
thème rebattu s'il en est —, est, par ces écrivains, traité
avec audace, insolence, provocation, ironie et, donc,
renouvelé. Dans le cas de Graham Swift, il devient, avec
«La leçon de natation», prétexte, par le biais des images,
à une très subtile étude des silences et de la déception
qu'ils recouvrent, de tout ce qui est tu et réprimé entre
deux êtres qui ont cessé de s'aimer : la charge de non-dit,
le ressentiment qui affleure, les mille et une furtives ven-
geances qui s'exercent à tout propos, au besoin par l'in-
termédiaire d'une tierce personne, un enfant, pourquoi
pas, c'est l'être le plus proche et le moins apte à se
défendre. À peu près à l'époque où paraissait le recueil
dans lequel était intégrée cette nouvelle[2], Graham Swift,
quelque dix ans après Amis et McEwan, publiait un
roman qui devait faire date, Waterland[3] (1983),
construit de façon cyclique pour mimer le mouvement de
l'eau, semblable à celui de l'histoire sur laquelle médite
Tom Crick, le narrateur, ou à celui des histoires que*

---

1. *Eau lourde et autres nouvelles*, Gallimard, 2000.
2. *Learning to Swim and Other Stories*, 1982 ; *La leçon de natation et autres nouvelles*, Gallimard, 1995.
3. *Le pays des eaux*, Laffont, 1985, Gallimard/Folio n° 2536.

*conte ce professeur à ses élèves : des tourbillons dont le
centre est un vide. Ces mouvements de l'eau qui agitent
les profondeurs, « La leçon de natation » déjà les cap-
tait, les restituait.*

    *Les trois nouvelles ici présentées sont liées par un même
sujet : l'amour et ses dérives ; par les mêmes rôles ou personnages : père, mère, enfant ou adolescent, faussement
innocent, bien sûr ; par le même thème des rapports fami-
liaux, donc, avec les variations et transferts multiples qui
peuvent s'observer suivant que, dans un trio, l'amour
frustré se reporte et se fixe sur l'un ou l'autre des parte-
naires. Trois traitements hautement personnels, chacun
caractéristique de son auteur.*

    *La nouvelle de Graham Swift se déroule entre terre et
eau, à la lisière de deux éléments qui, dans leur différence
essentielle, incarnent la division centrale au sein d'un
couple : chacun, semble-t-il, appartient exclusivement à
l'un de ces deux mondes irréconciliables. M. Singleton,
ancien champion de natation et ingénieur civil de son
état, fort et droit comme les piles du pont qu'il construit,
maître des chiffres et de son corps, découvrit dans les
mouvements coordonnés de la natation l'ivresse de la
parfaite maîtrise de soi et la sensation de puissance qu'elle
confère : cette merveilleuse autonomie, si rassurante, à
laquelle il ne voulut jamais renoncer. Encore moins dans
le mariage, ce piège où l'on s'englue. Mme Singleton,
elle, se prélasse sur la plage, son domaine d'élection ; elle
s'enduit le corps d'huile et laisse le soleil lui faire
l'amour, puisque son mari, lui, s'y refuse le plus souvent. Dureté d'un côté, mollesse de l'autre : quand il la
traite d'« avachie », Mme Singleton comprend bien que
c'est de laisser-aller moral qu'il est question. « Il se défiait*

du bonheur comme d'autres craignent l'altitude ou les grands espoirs. » L'eau où barbote Mme Singleton, douce et tiède sur le rivage, n'est pas celle de l'estuaire que surplombe M. Singleton quand il travaille, « une eau couleur de poisson mort », bien assortie, cette couleur grise, à la « vigueur lugubre » qu'il déploie dans chacun des actes de sa vie. Et tandis que Mme Singleton, étendue là, sur la plage, les yeux fermés, le corps brûlant, jouit de l'idée de sa propre beauté, M. Singleton, dans l'eau à mi-corps, ses épaules mouillées « luisant comme du métal », s'obstine au-dessus de son fils terrifié : la nage, le moyen de l'intégrer à son propre élément, de l'absorber dans son monde à lui, de le soustraire à celui de sa mère. Le mot bref, dur comme un ordre — « ciseaux » — lancé comme un coup de fouet (c'est tout au moins ce qu'il semble à Mme Singleton), annonce on ne sait quelle rupture, quelle punition ou castration en perspective. Cependant, Mme Singleton, tout à son bien-être, rêve et se remémore : ses fantasmes de jeune fille, elle aimerait un artiste ; pour lui, elle poserait « nue et immaculée » et, si c'était un sculpteur, il saurait, à partir de la pierre froide, façonner sa véritable essence. Maintenant, elle en était certaine, cet artiste ce serait son fils. « Elle savait qu'elle désirait ce genre de relation étroite, érotique même, avec son fils qu'ont, c'est bien connu, les femmes qui ont rejeté leurs maris. » Aux « ciseaux » meurtriers annoncés par M. Singleton répond le ciseau inspiré, amoureux avec lequel Paul Singleton, le fils, sculptera le corps de sa mère, pour lui resté jeune. Et chacun de lutter pour retenir ce fils, pour le garder dans l'eau, pour l'attirer sur la terre ferme. Déchiré entre deux appels, entre deux volontés qui s'opposent, Paul Singleton est devenu cette « arme en réserve » qu'on brandit en dernier recours pour se venger d'un adversaire et le détruire : un petit corps qui s'agite éperdument dans les vagues, à la lisière de l'eau et de la terre. Mais Paul saura se servir de ce qu'on lui apprend pour trouver une solution, en fait une évasion, et échapper à l'un comme à l'autre. Rien n'est dit, aucune analyse n'est faite, aucun commentaire : seul le jeu des images qui entrent en contraste, la répétition de certains mots, « insecte », par exemple, tout un système de correspondances et d'équivalences qui indiquent, plus sûrement que l'explication, le cheminement psychologique des personnages.

Un café sordide où se retrouvent un homme et une femme à la tombée de la nuit. Ils sont venus vider une vieille querelle : leur fille viendra-t-elle voir son père ? Il n'en est pas question, répond la femme. Une serveuse encore enfant, morose et malpropre, qui fait ses comptes. Un rêve interrompu par une pollution nocturne. Les éléments du décor sont plantés. Mais ce décor n'est ni extérieur ni réaliste : il est comme la projection d'un état intérieur ou, plutôt, pénétré par la force des sensations et le surgissement des désirs, il perd sa consistance nette et dure, si bien qu'on doute de la solidité des apparences comme des distinctions habituelles entre bien et mal, permis ou interdit. C'est la présence envahissante de la nuit, propice aux rêves, aux fantasmes et autres divagations, l'aiguillon de la déception amoureuse née de la mésentente sexuelle, la peur de la femme et de son orgasme — cette angoisse diffuse qui plane sur le récit, brouille les contours déjà à demi effacés par l'obscurité, suscite des anges et des monstres.

Interdite, cette enfant que Stephen Cooke, brisant tous les barrages, viendra finalement voir chez sa mère, puis

*recevra chez lui, avec son amie ? Interdit, le corps de
Miranda — le nom du personnage émerveillé de Sha-
kespeare dans* La tempête *—, une séductrice de quatorze ans, innocente et rusée, enfantine et tendre ? Mais
où est la vérité ? Où commence le savoir, où finit l'inno-
cence, et quand sort-on vraiment de l'enfance, quand
devient-on vraiment femme, oui, quand cesse-t-on d'être
une petite fille, et que signifie « être père » ? L'érection de
Stephen le laisse « horrifié, et ravi ». Un monstre, la
naine dont Miranda ne veut plus se séparer, au point
qu'elles occupent la même chambre, cette amie dont « la
place était dans un cirque, ou un bordel aux murs tapissés de soie » ? Une hallucination, ces cris, ces halète-
ments que Stephen entend dans la nuit, provenant de
leur chambre, et dont le souvenir fait remonter en lui de
vieilles angoisses ? Un rêve, l'apparition de Miranda
dans le couloir crûment éclairé alors que, nu devant elle,
il pense que, vêtue de sa longue chemise de nuit, elle
paraît sans âge : « une enfant ou une femme » ? Le récit
chemine sur une ligne de crête, côtoyant à tout moment
l'interdit, le danger, sans y sombrer tout à fait, suggé-
rant tout de même cette possibilité, cette tentation — une
réalité, presque. Même si domine, comme un démenti
aux errances, la vision finale de Miranda endormie,
avec « la pâleur de sa gorge offerte », où Stephen croit
voir « le blanc éblouissant d'un champ de neige de son
enfance ».*

*Pour être moins rêveuse, la relation établie entre John
et mère, dans « Eau lourde », de Martin Amis, n'en est
pas moins troublante. Un exemple extrême de cette pos-
sessivité qui fait de l'amour maternel l'équivalent d'une
arme meurtrière — mais ce meurtre-là est commis à petit*

*feu et en toute bonne conscience. La nouvelle ouvre sur
la vision idyllique d'une mère et de son fils qui partent
ensemble en croisière. Ils sont accoudés côte à côte au
bastingage et regardent la terre s'éloigner. Ils s'aiment.
L'entente, la sollicitude. Quelques phrases plus loin, on
a compris que John, quarante-trois ans, un mètre quatre-
vingts, est un débile mental. Suit l'une de ces descriptions
dont Amis a le secret : la précision des détails physiques
pour rendre l'horreur sans fond d'une condition anor-
male ; si crus et brutaux ces détails, si fortes ces images,
et répugnantes, tout en angles durs, sans arrondi ni
douceur, qu'ils constituent comme une succession de
chocs. Le visage de John « sinistrement incolore, comme
un organe opéré qu'on a laissé trop longtemps sur un
plateau », les yeux injectés de sang et larmoyants, la bave
aux coins des lèvres (quatre traînées liquides qui sillon-
nent le visage), le menton qui s'affaisse sur la poitrine
qui s'affaisse sur le ventre, et « le petit bout de rien du
tout » qui lui tient lieu de virilité et dont Mère, comme
du reste, doit avec zèle s'occuper… Une accumulation de
laideurs qui pourrait inspirer le dégoût, et un thème qui
pour un peu vous pousserait au pessimisme, si, par l'excès même, Amis ne parvenait au résultat inverse : à force
d'énergie, à force de rage dans la description et la satire,
à revigorer son lecteur, à lui communiquer un plaisir
jubilatoire. Car cette vision de l'amour maternel — qui
se dépense entre les biberons (la récompense attendue) et
de furtifs et méchants pincements (la punition en cas de
rébellion), à quelques variantes près, telle la tétée goulue
des doigts bien-aimés — prend ici pour contexte une
croisière où se côtoient vacanciers et retraités, c'est-à-dire
la société des loisirs. Et la verve féroce de Martin Amis se
déchaîne. Au point d'établir un rapport implicite entre*

les forces en présence : ce fils et cette mère collés l'un à l'autre pour le pire, plus que pour le meilleur, dans une dépendance lugubre et destructrice — l'objet de l'amour n'étant effectivement plus qu'un objet ; une humanité infirme et monstrueuse, poussée par des animateurs vigilants de salon en salon — celui des cacatoès succédant à celui des flamants roses —, livrée faute de mieux aux divertissements enrégimentés qu'a imaginés pour elle une société de consommation perdue de vide et d'ennui. Sexe, alcool, boissons détaxées, jeux de société, machines à sous, bêlements en chœur, le soir, pour se retrouver, et danse tous ensemble aux accords sirupeux des violons, avec, de temps à autre, la promesse d'une descente à terre, dans une ville inconnue : Venise où, loin du décor familier, les touristes infantilisés, abêtis, ballottés de-ci de-là, confondant plaisir et régression, se perdront lamentablement dès que leur guide aura tourné les talons et qu'ils devront «faire des achats et récolter des souvenirs». La visite à l'aquarium municipal, où «une vague tortue patauge de manière apathique dans une piscine pour bébé», est un morceau d'anthologie.

Il y a bien une tentative d'évasion : celle de John poussé par le désespoir, ou par un pinçon trop fort de sa mère, qui, «essayant d'être méthodique», entreprend d'escalader les quatre barres blanches qui le séparent de l'eau et de la délivrance. Pour décrire cette séquence-là, qui laisse entrevoir un peu de dignité, enfin, Martin Amis trouve des accents lyriques, montrant ainsi que, du comique le plus noir à la simple tendresse humaine, aucun registre ne lui manque.

Christine Jordis

Contemporary English Stories

Nouvelles anglaises contemporaines

Martin Amis

Heavy Water
Eau lourde

Traduit de l'anglais
par Jean-Michel Rabaté

John and Mother stood side by side on the stern deck as the white ship back-pedalled out of the harbour. Some people were still waving in friendly agitation from the shore; but the great machines of the dock (impassive guardians of the smaller, less experienced machines) had already begun to turn away from the parting ship, their arms folded in indifference and disdain... John waved back. Mother looked to starboard. The evening sun was losing blood across the estuary, weakening, weakening; directly below, the slivers of crimson light slipped over the oil-stained water like mercurial rain off fat lilies. John shivered. Mother smiled at her son.

"Tired and thirsty, are you, John?" she asked him (for they had travelled all day). "Tired and thirsty?"

John nodded grimly.

"Let's go down then. Come on. Let's go down."

John et Mère se tenaient côte à côte sur le pont de poupe et regardaient le bateau blanc manœuvrer en marche arrière pour sortir du port. Du rivage, des gens agitaient encore la main avec une frénésie amicale ; mais les grandes machines des docks (gardiens impassibles de machines plus petites, moins expérimentées) avaient déjà commencé à se détourner du navire qui s'éloignait, leurs bras pliés en un geste d'indifférence ou de dédain... John agita le bras. Mère regardait à tribord. Le soleil couchant perdait son sang sur l'estuaire, faiblissant de plus en plus ; juste en dessous, des éclats de lumière écarlate irisaient l'eau tachée de pétrole comme une pluie de mercure gouttant d'énormes nénuphars. John frissonna. Mère sourit à son fils.

« Tu es fatigué et tu as faim, hein, John ? » lui demanda-t-elle (car ils avaient voyagé toute la journée). « Fatigué et affamé ? »

John fit oui de la tête et grimaça.

« Alors on descend. Allez. On descend. »

Things started heating up the next day.

"What, so he's not quite all there then," said the man called Mr Brine.

"You could say that," said Mother.

"Bit slow on the old uptake."

"If you like. Yes," said Mother simply, gazing across the deck to the sea (where the waves were already rolling on to their backs to bask in the sun). "Are you too hot, John, my pet? Say if you are."

"Does he always cry then?" asked Mr Brine. "Or's he just having a good blub?"

Mother turned. Her nicked mouth was like the crimp at the bottom of a toothpaste tube. "Always," she consented. "It's his eyes. It's not that he's *sad*. The doctors say it's his poor eyes."

"Poor chap," said Mrs Brine. "I do feel sorry for him. Poor love."

Mr Brine took his sopping cigar out of his mouth and said, "What's his name. 'John'? How are you, John? Enjoying your cruise, are you John? Whoop. Look. He's at it again. Cheer up, John! Cheer up!"

Drunk, thought Mother wearily. Half past twelve in the afternoon of the first full day and everyone was drunk... The swimming pool slopped and slapped : water upon water. The sea twanged in the heat. The sun came crackling across the ocean towards the big ship. John was six feet tall. He was forty-three.

Ça commença à chauffer dès le lendemain.

« Ah bon, alors il est pas tout à fait normal », dit l'homme qui s'appelait M. Saumure.

« On peut le dire comme ça, dit Mère.

— Un peu lent, quoi ?

— Si vous voulez. Oui », dit Mère simplement, et son regard traversait le pont pour se perdre dans la mer (où les vagues roulaient déjà sur elles-mêmes pour se griller au soleil). « Tu as chaud, John, mon lapin ? Dis-moi si tu as trop chaud.

— Est-ce qu'il pleure toujours comme ça ? demanda M. Saumure. Ou bien c'est juste un gros chagrin ? »

Mère se tourna. Sa bouche crispée ressemblait au bas ratatiné d'un tube de dentifrice. Elle dut concéder : « Toujours, oui. Ce sont ses yeux. Ce n'est pas qu'il est *triste*. Les docteurs disent que c'est ses pauvres petits yeux.

— Le pauvre, dit Mme Saumure. Je suis désolé pour lui. Le pauvre chéri. »

M. Saumure enleva de sa bouche son cigare trempé et dit : « Comment s'appelle-t-il ? "John ?" Comment vas-tu, John ? Elle te plaît cette croisière, hein, John ? Aïe. Regardez. Il recommence. Ne sois pas triste, John, ne sois pas triste ! »

Il est ivre, pensa Mère avec lassitude. Midi et demi, le premier jour, et déjà tout le monde était ivre... La piscine faisait des flops et des flaps : de l'eau dans de l'eau. La mer vibrait de chaleur. Le soleil avançait en grésillant sur l'océan à la rencontre du grand navire. John mesurait un mètre quatre-vingts. Il avait quarante-trois ans.

He sat there oozily in his dark-grey suit. John wore a plain white shirt — but, as always, an eye-catching tie. Some internal heat-source fuelled his bleeding eyes; otherwise his fat face was worryingly colourless, like an internal organ left too long on its tray. His chin toppled into his breasts and his breasts toppled into his belly... With some makes of car, the bigger the model then the smaller the mascot on its bonnet; and so, alas, it was with John. A little shy sprig for his manhood from which Mother, at bathtime, would politely avert her gaze. Water seeped and crept and tip-toed from his eyes all day and all night. Mother loved him with all her heart. This was her life's work : that John should feel no pain.

"Yes," said Mother, leaning forward to thumb his cheeks, "he's still a child really — aren't you, John? Come with Mother now, darling. Come along."

Mr and Mrs Brine watched them start to make their way below. The little woman leading her heavy son by the hand.

At eight o'clock every morning they were brought tea and biscuits and the *Cruise News* in their cabin by the adolescent steward : Mother thought he looked like the Artful Dodger with rickets, for all his cream blazer and burgundy slacks.

Il était assis, suintant dans son costume gris sombre. John portait une chemise blanche toute simple et, comme toujours, une cravate spectaculaire. Une sorte de combustion intérieure alimentait ses yeux injectés de sang ; pour le reste, son visage était sinistrement incolore, comme un organe opéré qu'on a laissé trop longtemps sur un plateau. Son menton s'affaissait sur sa poitrine et sa poitrine s'affaissait sur son ventre... Avec certaines marques de voitures, plus le modèle était grand, plus la figurine au bout du capot était petite ; c'était aussi, hélas, le cas de John. Un tout petit bout de rien du tout lui tenait lieu de virilité, duquel Mère détournait poliment son regard à l'heure du bain. Jour et nuit, ses yeux laissaient couler une eau qui perlait ou flottait ou dégoulinait. Mère l'aimait de tout son cœur. C'était l'œuvre de sa vie : faire en sorte que John ne souffre pas.

« Oui, dit-elle en se penchant pour lui pincer les joues, c'est encore un enfant, en fait, n'est-ce pas, John ? Allez, viens avec Mère, mon chéri. Viens. »

M. et Mme Saumure les regardèrent descendre. La petite femme donnant la main à son géant de fils.

Tous les matins à huit heures, le jeune steward leur apportait du thé et des biscuits accompagnés de la *Gazette de la croisière*. Mère trouvait qu'il avait l'air d'un guignol rachitique, en dépit de son blazer crème et de son pantalon de toile bordeaux.

With a candid groan John rolled off the lower bunk and sat rubbing his eyes with his knuckles, very like a child, as Mother nimbly availed herself of the fourrunged wooden ladder. She drank two cups of the taupe liquid, and then gave John his bottle — the usual mixture she knew he liked. Next, tenderly grunting, she inserted his partial (John fell down often and heavily, and one such fall had cost him two incisors — years ago). As she withdrew her hand, threads of saliva would cling yearningly to her fingers : please don't take your hand away, please, not yet. In the bright stall of the bathroom she put him through his motions. And at last she clothed his cumbrous body, her tongue giving a cluck of satisfaction as she furled the giant Windsor of his flaming tie.

Dreamily she said, "Do you want to go down for your breakfast now, John?"

"Gur," he said. ("Gur" was yes. "Go" was no.)

"Come along then, John. Come along."

Out through the door and the smell of ship seized you by the sinuses : the smell of something pressurized, and ferociously synthetic. They entered the zigzagged dining-room, with its pearl-droplet lighting, its submarine heat, and its pocket-sized Goanese staff in their rusty tuxedos.

Avec un grognement spontané, John sortait en roulant de la couchette inférieure et s'asseyait, se frottant les yeux avec ses poings, tout à fait comme un enfant, tandis que Mère descendait avec adresse l'échelle de bois à quatre barreaux. Elle buvait deux tasses du liquide couleur taupe, et puis donnait à John son biberon — le mélange habituel qu'il aimait. Puis, grommelant tendrement, elle lui mettait sa prothèse (John tombait souvent et lourdement, et l'une de ces chutes lui avait coûté deux incisives, quelques années plus tôt). Lorsqu'elle enlevait la main, des filets de salive s'accrochaient avidement à ses doigts : s'il te plaît, n'enlève pas la main, s'il te plaît, pas encore. Dans l'espace aveuglant de la salle de bains, elle s'occupait de la toilette et des besoins de John. Enfin elle habillait le corps encombrant de son fils, lâchant un gloussement de satisfaction quand elle en venait à nouer sa cravate criarde et démesurée.

Puis, rêveuse, elle disait : « Veux-tu descendre prendre ton petit déjeuner maintenant, John ?

— Gur, disait-il. ("Gur" voulait dire oui. "Gon" voulait dire non.)

— Alors suis-moi, John. Suis-moi. »

Dès la sortie de la cabine, les odeurs du navire vous emportaient les sinus. C'était une odeur pressurisée et férocement synthétique. Ils entraient dans la salle à manger zigzagante avec son éclairage de perles pointillistes, sa chaleur de sous-marin, et la cohorte des garçons, tous de Goa, tous minuscules dans leurs smokings couleur rouille.

In a spirit of thrift Mother consumed the full buffet grill — omelette, sausage, bacon, lamb chop — while John did battle with a soft-boiled egg, watched with enfeebled irony by Mr and Mrs Brine. There were two other guests at their table : a young man called Gary, who had thoughts only for his sunbathing and the inch-thick tan he intended to present to his co-workers at the ventilation-engineering plant in Croydon; and a not-so-young woman called Drew, who came largely for the sea air and the exotic food — the chop sueys, the Cheltenham curries. Then, too, perhaps, both Drew and Gary had hopes of romance : the pretty daughters, the handsome officers... There'd been a Singles' Party in the Robin's Nest, hosted by the Captain himself, on the night they sailed. An invitation was waiting for John when he and Mother came staggering into their cabin. She slipped it out of sight, of course, being always very careful, you understand, not to let him get upset with anything of that sort. Taking a turn on deck that evening, they passed the Robin's Nest and Mother, with maximum caution, peered in through the wide windows, expecting to witness some Caligulan debauch. But really : whyever had she bothered? Such a shower of old bags you'd never seen. Wherever were the pretty daughters? And wherever were the officers? "At it already," said Mr Brine at dinner that night, in a slurred undertone.

Par esprit d'économie, Mère consommait tout ce qu'offrait le buffet — omelette, saucisse, bacon, côtelette d'agneau —, tandis que John se débattait avec un œuf à la coque, observé avec une douce ironie par M. et Mme Saumure. Il y avait deux autres convives, un jeune homme qui s'appelait Gary et ne pensait qu'à paresser au soleil pour parfaire le bronzage qu'il avait l'intention de montrer à ses collègues de l'usine de ventilateurs à Croydon ; et une femme plus très jeune, qui s'appelait Drew et venait essentiellement pour l'air marin et la cuisine exotique — les chop-sueys, les currys version Cheltenham. Et aussi, peut-être, Drew et Gary espéraient-ils rencontrer l'aventure : les jolies filles de famille, les beaux officiers de bord... Il y avait eu une soirée des célibataires dans le Nid de Hune, présidée par le capitaine lui-même, la nuit du départ. Une invitation attendait John quand Mère et lui revinrent en titubant vers leur cabine. Elle la fit disparaître, bien sûr, il fallait toujours faire attention, vous comprenez, ne pas le tracasser avec ce genre de choses. En se promenant sur le pont, ce soir-là, ils passèrent devant le Nid de Hune, et Mère, avec un maximum de précaution, jeta un regard à travers les larges vitres, s'attendant à découvrir une orgie digne de Caligula. Mais en fait, pourquoi s'inquiéter ? On n'avait jamais vu une telle avalanche de croulants. Où étaient les jolies jeunes filles de famille ? Où étaient les officiers ? « Déjà très occupés », dit M. Saumure d'une voix pâteuse, au cours du dîner, ce soir-là.

"The officers nail down all the talent before the ship weighs anchor. It's well-known." Mother frowned. "Going abroad, the girls want looking after," said Mrs Brine indulgently. "It's the *uniform*..." Soft, see-through white of egg bobbled hesitantly down John's long face, pausing on his chin to look before it leapt on to the expanse of the serviette secured to his throat by Mother.

Up on deck two Irish builders were stirring and swearing beneath the lifeboats, having slept where they dropped. Mother hurried John along. Soon those two would be up in the Kingfisher Bar with their Fernet Brancas and their kegged lagers. The ship was a pub afloat, a bingo hall on ice. This way you went abroad on a lurching chunk of England, your terror numbed by English barmen serving duty-frees.

Mr Brine was a union man. There were many such on board. It was 1977 : the National Front, the IMF, Mr Jenkins's Europe; Jim Callaghan meets Jimmy Carter; the Provos, Rhodesia, Windscale. This year, according to Mother's morning news sheet, the cruise operators had finally abandoned the distinction between first and second class. A deck and B deck still cost the same amount more than C deck or D deck. But the actual distinction had finally been abandoned.

« Les officiers attrapent toutes celles qui sont potables avant même que le bateau ait levé l'ancre. C'est un fait bien connu. Mère grimaça. — Comme elles vont à l'étranger, les jeunes filles ont besoin qu'on s'occupe d'elles, dit Mme Saumure d'un air indulgent. C'est le prestige de l'*uniforme...* » Du blanc d'œuf transparent et mou glissait en hésitant le long du visage chevalin de John, s'arrêtant sur le menton avant de sauter sur la vaste étendue de la serviette que Mère lui avait verrouillée autour du cou.

Sur le pont, deux maçons irlandais s'agitaient en jurant beaucoup sous les canots de sauvetage, ayant dormi à l'endroit même où ils s'étaient laissés tomber. Mère poussa John en avant. Sous peu, ces deux-là allaient se retrouver au Bar du Héron avec leur Fernet-Branca et leur bière en fût. Le navire était un bar flottant, un casino sur mer. Ainsi, on allait à l'étranger sur un morceau d'Angleterre qui filait sur les vagues, toute terreur anesthésiée par des barmen anglais qui vous servaient des boissons détaxées.

M. Saumure était un syndicaliste. Il y en avait plusieurs sur ce navire. On était en 1977 : le front national, le FMI, l'Europe de M. Jenkins ; Jim Callaghan rencontre Jimmy Carter ; les provos, la Rhodésie, Windscale. Cette année, selon ce que disait la *Gazette de la croisière* que lisait Mère, les organisateurs de croisières avaient enfin abandonné toute distinction entre première et seconde classe. Le pont A et le pont B coûtaient encore beaucoup plus cher que le pont C ou D. Mais la distinction proprement dite avait été abolie.

At ten o'clock John and Mother attended the Singalong in the Parakeet Lounge. And here they sang along to the sounds of the Dirk Delano Trio. Or Mother did, with her bloodless lips. John's head wallowed on his wide bent back, his liquid eyes bright, expectant. It was a conviction of Mother's that John particularly relished these sessions. Once, halfway through a slow one that always took Mother back (the bus shelter beneath the sodden Palais, larky Bill in the rain with his jacket on inside-out), John went rigid and let forth a baying moo that made the band stall and stutter, earning him a chuckling rebuke from handsome, dirty-minded Dirk at song's end. John grinned furtively. So did everybody else. Mother said nothing, but gave John a good pinch on the sensitive underflab of his upper arm. And he never did it again.

Afterwards they would take a turn on deck before repairing tot the Cockatoo Rooms, where Prize Bingo was daily disputed. Again John sat there stolidly enough as Mother fussed over her card — a bird herself, a nest-proud sparrow, with new and important things to think about.

À dix heures, Mère et John allaient au karaoké dans le salon des Perroquets. Et ils chantaient avec les autres, guidés par le trio de Dirk Delano. Ou en tout cas Mère chantait, de ses lèvres exsangues. La tête de John se balançait mollement au-dessus de son dos large et courbé, ses yeux liquides brillaient, pleins d'attente. Mère avait l'intime conviction que John aimait tout particulièrement ces séances de chant. Une fois, au beau milieu d'une chanson sentimentale qui ramenait toujours Mère vers le passé (l'abribus à côté du dancing trempé par la pluie, Bill faisant l'idiot sous la pluie avec sa veste à l'envers), John s'immobilisa et poussa un beuglement horrible qui fit bégayer l'orchestre, ce qui lui valut une réprimande rigolarde de la part de Dirk — un bel homme au vocabulaire salace —, lorsque la chanson fut terminée. John grimaça furtivement. Comme tout le monde. Mère ne dit rien, mais elle pinça John très fort, sur la peau flasque et sensible de son bras. Et il ne recommença plus.

Ensuite, ils faisaient un tour sur le pont avant de revenir dans la salle des Cacatoès, où se déroulait chaque jour un Bingo avec un prix à la clef. Là encore, John restait assis, massif et muet, alors que Mère s'inquiétait des numéros sur sa carte. Elle était elle-même comme un oiseau, un moineau fier de son nid, qui savait se trouver à penser des choses nouvelles et importantes.

He gave signs of animation only at moments of ritual hubbub — when, say, the contestants wolf-whistled in response to the Caller's fruity "Legs Eleven!", or when they chanted back a triumphant "Sunset Strip!" in response to his enticing "Sevenny *Seven*...?" This morning Mother got six numbers in a row and reflexively yelped out "*House!*" as if making some shameful declaration about her own existence. Now it was *her* turn to be stared at. Rank upon rank of pastel cruisewear. Faces contracted in disappointment and a sense of betrayal... The Caller's assistant, a girl in a cat-suit who was actually called Bingo, came to validate Mother's card. But what was this? Oh dear: she'd got a number wrong. Mother's head dipped direly. The game resumed. No more numbers came her way.

At about twelve-thirty John was taken down for a quiet time, with his bottle. Much refreshed, he escorted Mother to the Robin's Nest for the convenient buffet lunch. It took John a long time to get there. For him, dry land was as treacherous as a slewing deck; and so, as the ship rolled, John found himself doubly at sea... With trays on their laps they watched through a hot glass window the men and women playing quoits and pingpong and deck tennis. Mother appraised her son, slumped over his untouched food.

Il ne donnait des signes d'animation qu'au moment du brouhaha rituel, quand, par exemple, les participants lançaient des sifflets en réponse au meneur de jeu qui criait : « Onze… Jambes ! » ou quand ils entonnaient des tyroliennes pour faire écho à son ironique : « Septante-sept… » Ce matin-là, Mère eut six numéros de suite, et elle cria sans réfléchir « *Maison !* » comme si elle faisait des révélations honteuses sur leur existence. Ce fut alors à *son* tour d'être le point de mire des regards. Des rangées entières de tenues de croisière pastel. Des visages crispés de déception, comme trahis… L'assistante du meneur de jeu, une fille déguisée en chat qui s'appelait effectivement Bingo, vint valider la carte de Mère. Mais que se passait-il ? Oh, non, mon Dieu ! Elle s'était trompée sur un numéro. Le visage de Mère s'abaissa, consterné, vers le plancher. Le jeu reprit. Elle n'eut plus d'autres numéros.

Vers midi et demi, John était ramené dans la cabine pour un petit repos, avec son biberon. Tout revigoré, il escortait Mère jusqu'au salon des Perroquets pour le déjeuner, un buffet, ce qui tombait bien. Il fallait longtemps à John pour s'y rendre. Pour lui, la terre ferme était déjà aussi traître qu'un pont qui tangue, alors, quand le bateau roulait, en pleine mer, John se trouvait doublement perdu… Leurs plateaux sur leurs genoux, ils regardaient par une vitre de serre les hommes et femmes qui jouaient au tennis, au ping-pong et au palet. Mère évaluait son fils, voûté au-dessus de la nourriture qu'il ne touchait même pas.

He didn't seem to mind that he couldn't play. For there were others on board, many others, who couldn't play either. You saw crutches, orthopaedic boots, leg calipers; down on C Deck it was like a ward at Stoke Mandeville. Mother smiled. Her Bill had been a fine sportsman in his way — bowls on the green, snooker, shove-ha'penny, darts... Mother's smile, with its empty lips. She *did* have secrets. For instance, she always told strangers that she was a widow. Not true. Bill hadn't died. He'd walked away, one Christmas Eve. John was fourteen years old when that happened, and apparently a normal little boy. But then his panics started; and Mother's life became the kind of tired riddle that wounding dreams set you to unlock. Such a *cruel* year: Bill gone, the letters from the school, the selling of the house, the move, and John all hopeless now and having to be kept at home. Bill sent cheques. She never said he didn't send cheques. From Vancouver. Whatever was he doing in *Vancouver*...? Mother turned. Ah there: now John slept, his chin tripled over his plump tieknot, the four trails of liquid idly mapping his face, two from the corners of his mouth, two from his eyes, eyes that never quite went to sleep. Mother let him be.

Il n'avait pas l'air de s'offusquer de ne pas pouvoir jouer. Car il y avait d'autres gens, beaucoup d'autres gens à bord, qui ne pouvaient pas jouer non plus. On voyait des béquilles, des chaussures orthopédiques, des prothèses de jambes et, en bas, sur le pont C, on aurait dit une salle d'hôpital à Villeneuve-Saint-Georges. Mère sourit. Son Bill avait été un sportif, à sa façon : pétanque, billard, palet de table, fléchettes... Le sourire de Mère, avec ses lèvres vides. C'est qu'elle *avait* des secrets, elle aussi. Par exemple, elle disait toujours aux gens qu'elle était veuve. Pas vrai. Bill n'était pas mort. Il était parti, une veille de Noël. John avait quatorze ans quand c'était arrivé, et il avait l'air normal. C'est alors que ses terreurs avaient commencé ; et la vie de Mère était devenue le genre de casse-tête lassant que des rêves cruels veulent vous forcer à résoudre. Quelle année *épouvantable* ; Bill parti, les lettres de l'école, la vente de la maison, le déménagement, John perdu et obligé de rester à la maison. Bill envoyait des chèques. Elle n'avait jamais dit qu'il n'envoyait pas de chèques. De Vancouver. Qu'est-ce qu'il fabriquait à *Vancouver*...? Mère se retourna. Ah, voilà : maintenant, John dormait, son menton en accordéon sur son énorme nœud de cravate, les quatre traînées de liquide dessinant le paysage hydrographique de son visage, deux filets venant des coins de sa bouche et deux rigoles coulant des yeux, de ses yeux qui ne dormaient jamais tout à fait. Mère le laissa tranquille.

Not until five or so did she gently massage him back to life. Waking was always difficult for him : the problem of re-entry. "Better now ?" she asked. "After your lovely nap ?" John nodded sadly. Then, together, hand in hand, they shuffled below to change.

For John the evenings would elongate themselves in interminable loops and tangles. Half an hour with Mother in the Parakeet Lounge, a friendly tweak on the cheek from Kiri, tonight's Parakeet Girl. Parakeet Tombola, while the pianist played "The Sting". Dinner in the Flamingo Ballroom. The ladies' evening wear : a fanned cardpack of blazing taffeta. And then all the *food.* Mother went through the motions of encouraging John to eat something (she had his bottle ready but didn't want to shame him, with the Brines there, and Gary, and Drew). John looked at the food. The food looked at John. John gave the food a look. The food gave John a look. John didn't like the look of the food. The food didn't like the look of John. To him, food never looked convincingly dead. And he got into hopeless muddles and messes with his partial (was that alive too ?). He ate nothing.

Ce n'est qu'à cinq ou six heures qu'elle le massa doucement pour le ranimer. Le réveil était toujours difficile pour lui : revenir sur terre posait toujours problème. «Ça va mieux maintenant? demanda-t-elle. Après cette bonne grosse sieste?» John hocha la tête tristement. Puis, la main dans la main, ils descendirent à pas lents pour aller se changer.

Pour John, les soirées s'allongeaient en d'interminables boucles ou entrelacs. Une demi-heure avec Mère au salon des Perroquets, une tape amicale sur la joue de la part de Kiri, la fille-perroquet du jour. La tombola des perroquets, pendant que le pianiste jouait «L'Arnaque». Le dîner dans la salle de bal des Flamants Roses. Les femmes en robes de soirée ressemblaient à un éventail de cartes à jouer en taffetas scintillant. Et puis toute cette *nourriture*. Mère faisait semblant d'encourager John à manger un peu (elle avait son biberon sous la main, mais ne voulait pas l'embarrasser devant les Saumure, et Gary, et Drew). John regardait la nourriture. La nourriture regardait John. John lançait un coup d'œil à la nourriture. La nourriture lançait un coup d'œil à John. John n'aimait pas l'air de la nourriture. La nourriture n'aimait pas l'air de John. Pour lui, la nourriture n'avait jamais l'air assez morte. Et il rencontrait des problèmes insolubles avec sa prothèse (était-elle vivante, elle aussi?). Il ne mangeait rien.

On the way to coffee in the Robin's Nest, Mother liked to linger in one of the Fun Alleys, among the swearing children and the smoking grannies. John stood behind Mother as she lost her nightly fiver on the stocky fruit-machines. The barrels thrummed, the symbols twirled: damson, cherry, apple, grape. Exes and zeros, jagged, unaligned. She never won. The other machines constantly and convulsively hawked out silver tokens into their metal bibs, but Mother's was giving nothing away, all smug and beaming, chockful of good things sneeringly denied to her. Maximize Your Pleasure By Playing All Five Lines, said a notice above each machine, referring to the practice of putting in more than one coin at a time. Mother often tried to maximize her pleasure in this way, so she lost quickly, and they were never there for long.

What next? Every evening had its theme, and tonight was Talent Night — Peacock Ballroom, ten o'clock sharp. The sea was high on Talent Night, with the waves steep but orderly, churning out their fetch and carry... Couples eddied towards the double doors, the prismatic women with their handbags, the grimly spruced men with their drinks. They staggered, they gagged and heaved, as the ship inhaled mightily, riding its luck.

En route vers le café au Nid de Hune, Mère aimait s'attarder dans une des salles de jeux, au milieu des enfants qui juraient et des grands-mères qui fumaient. John restait derrière sa mère quand elle perdait, comme chaque soir, ses cinq livres dans les machines à sous. Les rouleaux tournoyaient, les symboles défilaient : prunes, cerises, pommes, raisins. Les x et les zéros dessinaient des lignes brisées, sans jamais s'aligner. Elle ne gagnait jamais. Les autres machines rejetaient convulsivement et constamment des poignées de jetons d'argent dans leurs soucoupes de métal, mais celle de Mère ne donnait rien, toute contente et souriante, pansue, gonflée de toutes les bonnes choses qu'elle lui refusait. Maximisez votre divertissement en jouant les cinq lignes à la fois, disait une notice au-dessus de chaque machine, pour inciter à jouer plusieurs pièces de monnaie d'un coup. Mère essayait souvent de maximiser son divertissement mais elle perdait rapidement, ce qui faisait qu'ils ne restaient jamais bien longtemps.

Quoi d'autre ? Chaque soirée avait son thème, et le thème du soir était la Nuit des Talents, dans la salle des Paons, à dix heures précises. La mer était houleuse pour la Nuit des Talents, les vagues hautes mais ordonnées, emportant à chaque fois leur butin… Les couples dérivaient vers les portes à double battant, les femmes en prismes de lumière avec leurs sacs à main, les hommes sinistrement endimanchés, tenant leurs boissons. Ils titubaient, ils hoquetaient, ils sentaient leurs estomacs remonter tandis que le navire rugissait, chevauchant hardiment les vagues.

Someone flew out across the floor in a clattering sprint (this was happening every five minutes), hit the wall and fell over; a purple-jacketed waiter knelt down by the body, yelling out orders to a boy in blue. Mother shouldered John forward, keeping him close to the handrail. She got him through the doors and into the spangled shadows, where at length she wedged his seat against a pillar near the back row. "All right, my love?" she asked. John hoisted his head out of his saturated suit and stared stageward as the lights went down.

Talent Night. There was an elderly gentleman with a sturdy, well-trained voice who sang "If I Can Help Somebody" and, as a potent encore, "Bless This House". There was a lady, nearly Mother's age, who with clockwork vigour performed a high-stepping music-hall number about prostitution, disease, and penury. There was a dear little girl who completed a classical piece on the electric organ without making a single mistake. That was the evening's highpoint. Next, a man got up and said, "I uh, I lost my wife last year, so this is for Annette" and sang about a third of "My Way" ("Go on," he shouted as he stumbled off. "That's it. Laugh." Drunk, thought Mother.)

Quelqu'un traversa la salle en un sprint bruyant (cela se produisait toutes les cinq minutes) puis heurta le mur et tomba par terre ; un serveur en veste violette s'agenouilla à côté du corps, hurlant des ordres à un garçon vêtu de bleu. Mère poussa John en avant, le forçant à ne pas s'écarter de la main courante. Elle lui fit passer les portes vers les ombres étoilées, où enfin elle lui coinça son siège contre un pilier au dernier rang. « Ça va, mon chéri ? » demanda-t-elle. John leva sa tête de son costume saturé de néon et regarda du côté de la scène comme les lumières s'éteignaient.

La Nuit des Talents. Il y avait un vieux monsieur à la voix puissante, bien rodée, qui chanta « Si je peux aider quelqu'un » et au rappel un « Bénis cette demeure » déchaîné. Il y avait une dame, presque de l'âge de Mère, qui, avec une vigueur mécanique, fit un numéro de music-hall, avec des pas de french cancan sur un canevas où il était question de prostitution, de maladie et de misère. Il y eut une charmante petite fille qui s'acquitta d'un morceau classique à l'orgue électrique sans faire une seule faute. Ce fut le clou de la soirée. Ensuite, un homme se leva et dit : « J'ai, euh, perdu ma femme l'an dernier, alors je dédie ceci à la mémoire d'Annette », et il chanta environ un tiers de « My Way » (« Allez-y, hurla-t-il comme il partait en titubant, c'est bon, vous pouvez rire. » Ivre, pensa Mère.)

Then a tall, sidling young man appeared and, after some confusion with the compère, unceremoniously proposed to drink a pint of brown ale without at any point using his hands : he lowered himself out of sight on the flat stage and, a few seconds later, his large sandalled feet, quivering and very white, craned into view, the tall brimmed glass wobbling and sloshing in their grip; there followed, in succession, an abrupt crack and a fierce shout of anger and pain. Drunk, thought Mother wearily. Now there was a rumpy blonde in a white bikini : acrobatics. Mother readied herself to leave. She poked John and directed a sharp finger towards the end of the aisle. No response. She pinched his thigh : the fleshy underside which was always so sore and chapped. At last they stood. "Sit *down*, woman," said a voice from behind. They turned, glimpsing a clump of hate-knotted faces. Disgusted male faces, one with a cigarette in it saying, "Get out the fucking road." And she couldn't tell how it happened. John did sometimes get like this. He gave a tight snarl or retch and just crashed forwards at them. A chair went over and John was flat on his face — pounding, but pounding at nothing but floor. And of course she had to listen to their laughter until the steward arrived and started helping her with her boy...

Puis un jeune homme, grand et mince, s'avança
furtivement, et, après un instant de flottement
avec son compère, proposa sans cérémonie de
boire un bock de bière brune sans jamais utili-
ser les mains : il disparut de leur vue sur scène,
et, quelques secondes plus tard, ses grands pieds
chaussés de sandales apparurent, tremblants et
très blancs, tenant la chope qui tremblait et cla-
potait ; il s'ensuivit un craquement abrupt et un
horrible hurlement de colère et de douleur. Ivre,
pensa Mère avec lassitude. Maintenant, c'était le
tour d'une blonde bien en chair en bikini blanc :
des acrobaties. Mère se prépara à partir. Elle
poussa John du coude et désigna d'un doigt effilé
l'extrémité de l'allée. Aucune réaction. Elle lui
pinça la cuisse : la chair tendre du dessous qui
était toujours si abîmée et rougie. Enfin, ils se
levèrent. « *Assise*, bobonne », dit une voix derrière
eux. Ils se retournèrent, apercevant un groupe
compact de visages haineux. Des visages d'hommes
écœurés, l'un avec une cigarette au bec qui disait :
« Vous êtes pas transparents, bordel ! » Et elle ne
comprit pas ce qui se passa ensuite. John se mettait parfois dans cet état. Il fit partir un aboiement
bref comme un rot, et se lança vers eux dans un
grand fracas. Une chaise se renversa et John se
retrouva à plat ventre, battant des bras, mais ne
battant que le sol. Et, bien sûr, elle eut à subir
leurs rires, jusqu'à ce que le steward arrive et lui
donne un coup de main pour son fils...

No bottle for John that night. You had to be firm. But then he moaned with each intake of breath — till well past midnight. Mother passed it down. Their hands touched. She had it ready, anyway. She always did. She always would.

Now the ship moved landwards, nearing Gibraltar and the pincers of the Mediterranean. And now those entities known as foreign countries would occasionally present themselves for inspection — over the littered and clamorous sundecks where Mother dozed and where John sighed and stared and wept. Potted travelogues squawked out over the Tannoy. It hurt Mother's mind when she tried to make out what the man said. She just turned and gazed with a zestless "Look John!" What was out there? Rippling terraces salted with smart white villas. Distant docklands, once-thriving colonies where a few old insects still creaked about. A threadbare slope on which bandy pylons stood waiting.

Pas de biberon pour John cette nuit-là. Il fallait être sévère. Mais alors il se mit à gémir chaque fois qu'il respirait, jusqu'à plus de minuit. Mère lui passa le biberon. Leurs mains se touchèrent. Elle l'avait préparé, de toute manière. Elle le faisait à chaque fois. Elle le ferait toujours.

Maintenant le navire avançait vers les terres, s'approchait de Gibraltar et des pinces de la Méditerranée. Et maintenant ces entités connues sous le nom de pays étrangers allaient se présenter de temps à autre pour inspection — par-delà les ponts bruyants et pleins de détritus ou Mère faisait la sieste et où John soupirait, contemplait et pleurait. Les haut-parleurs déversaient des baratins touristiques nasillards, incompréhensibles et très condensés. Mère avait mal au cerveau dès qu'elle tentait de saisir ce que disait la voix. Elle se borna à se détourner et à regarder au loin d'un regard neutre. «Regarde, John!» disait-elle d'une voix morne. Qu'y avait-il là-bas? Des terrasses ondulaient, saupoudrées de jolies villas blanches. Des installations portuaires, d'anciennes colonies prospères où quelques vieux insectes continuaient à grésiller. Une pente presque nue où attendaient des pylônes bancals.

Then, too, there was the odd stretch of hallowed
shore : the line of little islands like the humped
coils of a sea-serpent, blank cliffs frowning dis-
concertedly over the water at the ship, a pink
plateau smothered in tousled grey clouds — all of
it real and ancient enough, no doubt, all of it
parched, grand, indistinguishable.

Oh, but there would be memories! Of course
there would be memories! On 007 Night the
Purser asked her to dance. Two numbers : "You
Only Live Twice" and "Live and Let Die". On
Casino Night she lost £35 but then backed her
lucky number (seventeen) and won, almost break-
ing even. On Island Night there was a limbo com-
petition and Gary from their table came first. The
prize was a bottle of Asti Spumante. Mr and
Mrs Brine got a glass, and so did Drew, and so
did Mother — out under the stars. Ah, that Asti
— so sweet, so warm!

In the course of its voyage the ship stopped at
five key cities. But Mother's rule said : You don't
leave the boat. Never leave the boat. What would
John want with Seville? Delphi. What did John
have to do with Delphi? You stayed on board. That
was all right. Many others did the same. And
those that ventured ashore often had cause to rue
their error.

Et puis, ici ou là, le contour d'une plage bénie : la ligne de petites îles comme les anneaux tordus d'un serpent de mer, des falaises blanches offrent un masque sévère et perplexe au navire de l'autre côté de l'eau, un plateau rose disparaissant sous des nuages gris en désordre — tout cela certes réel et vénérable, sans nul doute, tout cela desséché, majestueux, interchangeable.

Oh, mais ils ne manqueraient pas de souvenirs ! Bien sûr qu'il y aurait des souvenirs ! À la Nuit James Bond, le commissaire de bord l'invita à danser. Deux airs : « On ne vit que deux fois » et « Vivre et laisser mourir ». La Nuit du Casino, elle perdit trente-cinq livres et ensuite misa tout sur son nombre porte-bonheur, le dix-sept, qui sortit, ce qui la fit presque rentrer dans ses fonds. La Nuit des Îles, il y eut un concours de limbo, et Gary, de leur table, fut le vainqueur. Le prix était une bouteille d'asti spumante. M. et Mme Saumure eurent droit à un verre, ainsi que Drew, ainsi que Mère — sous les étoiles. Ah, cet asti, si doux, si chaud !

Au cours de cette croisière, le bateau fit escale dans cinq villes clefs. Mais la règle imposée par Mère était : On ne quitte pas le navire. On ne quitte jamais le navire. Qu'est-ce que pourrait bien faire John à Séville ? Delphes. Qu'est-ce qu'il en avait à faire, de Delphes ? On restait à bord. C'était très bien. Beaucoup d'autres passagers faisaient de même. Et ceux qui se risquaient à terre avaient souvent des raisons de regretter leur témérité.

The Brines, for example, debarked at Trieste and made the day trip to Venice. But they got lost and took the wrong train back and, that night, their taxi came screeching and parping through the docks and delivered them to the gangway with only minutes to spare. And the ship would have sailed without them : make no mistake about that. The next day Mr Brine tried to laugh it all off; but Mrs Brine didn't. They had the doctor down to see her and she barely stirred from her cabin until they sank Gibraltar on their way home.

The last stop was somewhere in Portugal. A short bus-trip along the coast to a little resort, and all so modestly priced...

"Would you *like* to go ashore, John?" she said to him idly, as they took their seats in the Robin's Nest. "Over there. On the land. Tomorrow."

"Gur," he said at once. And nodded.

"So you'd *like* to go ashore?" she mused. Thinking it might be quite nice, saying (to someone or other) that you had once set foot on foreign soil.

But it was one of John's bad days. The steward brought them their tea and biscuits an hour early, as agreed; and to begin with John seemed incapable of lifting himself from his bunk.

Les Saumure, par exemple, débarquèrent à Trieste et firent l'excursion à Venise. Mais ils se perdirent et prirent le mauvais train pour revenir, et cette nuit-là, leur taxi arriva dans un crissement de pneus sur le quai et les déposa à la passerelle deux minutes à peine avant que le bateau ne lève l'ancre. Et le navire aurait continué sans eux : il ne fallait pas s'y tromper. Le lendemain, M. Saumure essaya de tourner tout ça en plaisanterie. Mais pas Mme Saumure. Ils firent venir le docteur plusieurs fois pour elle, et elle ne sortit pratiquement pas de sa cabine avant qu'ils aient dépassé Gibraltar sur le chemin du retour.

La dernière escale était quelque part au Portugal. Un rapide voyage en car le long de la côte pour aller voir une petite station balnéaire, et le tout si bon marché...

« Est-ce que tu *aimerais* aller à terre, John ? » lui dit Mère négligemment, alors qu'ils s'asseyaient dans le Nid de Hune. « Là-bas. Sur la terre ferme. Demain.

— Gur », dit-il aussitôt. Et fit un signe de tête.

« Alors comme ça tu *aimerais* aller à terre », médita-t-elle. Pensant que cela pourrait être très agréable de pouvoir dire (à qui que ce soit) qu'on avait un jour posé le pied en terre étrangère.

Mais John était dans un de ses mauvais jours. Le steward leur apporta du thé et des biscuits une heure plus tôt, comme convenu ; et déjà John paraissait incapable de se lever de sa couchette.

Calmly, wryly (this had of course happened before), Mother did what she always did when John was being difficult first thing. She mixed his bottle, gave it a forceful shake — that violent drowning sound — and eased the teat between his lips. John's lids slid back and he stared at her — in such a way that made her think he was *already* staring at her, staring with his eyes closed. He cuffed the bottle from her hand and gave a moan of — what? Fear? Outrage? Mother blinked. This was new. Then with relief she remembered that she had given him a whole extra bottle the night before. No, a bottle and a half, to quell his unusual restiveness. Perhaps he'd just lost his taste for it : that was all. But there was no going back now, what with the coupons already bought. "Come on, my boy," she said. She grasped a soggy leg and dropped it to the cabin floor.

Like a mirage of power and heat the touring-coaches throbbed on the quayside. Down the gangway they inched, and stepped on to Iberia : deliquescent macadam. First on board, thought Mother, as they exchanged the smell of ship for the smell of coach. Forty-five minutes passed, and nothing happened. Such *temperatures*… The foreign cooling system made heavy weather of the air. John seemed deafened by the bank of sun that smeared him to his seat.

Calmement, avec une ironie désabusée (car, bien sûr, cela s'était déjà produit), Mère fit ce qu'elle avait toujours fait dans les cas où John se levait du mauvais pied. Elle prépara le liquide de son biberon, le secoua violemment — une aspiration violente de noyade — et inséra la tétine entre ses lèvres. Les paupières de John glissèrent en arrière et il la regarda tout droit, au point qu'elle eut l'impression qu'il la regardait *déjà* avant d'ouvrir les yeux. D'un coup, il fit sauter le biberon de ses mains et poussa des gémissements de… de quoi? De peur? D'outrage? Mère ferma et rouvrit les yeux. C'était nouveau. Puis, avec soulagement, elle se souvint qu'elle lui avait déjà donné tout un biberon supplémentaire la nuit d'avant. Non, un biberon et demi, pour calmer sa nervosité inhabituelle. Peut-être qu'il n'avait plus envie de ses biberons, voilà tout. Mais elle ne pouvait plus reculer à présent, avec les coupons qu'elle avait déjà achetés. «Allez, mon garçon», dit-elle. Elle attrapa une jambe humide et la posa sur le sol de la cabine.

Comme un mirage de puissance et de chaleur, les cars de tourisme ronflaient au ralenti sur le bord du quai. Ils descendirent la passerelle, centimètre par centimètre, et posèrent le pied en Ibérie : un macadam déliquescent. Les premiers à bord, pensa Mère, alors qu'ils échangeaient l'odeur du bateau contre celle du car. Quarante-cinq minutes s'écoulèrent, et rien ne se passa. Et ces *températures*… Le système de climatisation étranger transformait l'air en temps lourd. John semblait abasourdi par la masse de soleil qui le tenait collé-souillé à son siège.

Mother watched him : she had the bottle ready
but shrewdly withheld it until they were out of the
docks and on to the coast road. He reached out a
hand. Up ahead, cars made of liquid metal formed
on the hilltop and then instantly ricocheted past
their window. He managed two swallows, three
swallows. The bottle danced in his hands like a bar
of soap. "John!" she said. But John just dropped
his head, then turned his drenched gaze on the
boiling sea and its million eyes.

   Well, what could she say except that the whole
idea was obviously a most unfortunate mistake?
They had them trooping through the town in bus-
loads, each with its own guide (theirs was a local
person, Mother surmised) : the square, the mar-
ket, the church, the gardens. Mother followed the
others, who followed the guide. And John followed
Mother. All of them flinching, cringing, in the
heat, the lavatorial gusts and cross-currents, the
beggars, the touts. Mother felt herself obscurely
demoted. Language had sent them all to the bottom of the class, had expelled them. They were all
like children, all like John, never knowing what on
earth they were expected to do. At the restaurant
everyone absolutely fell on the wine, and then sat
back, rolling their eyes. Even Mother, against the
panic, had a couple of glasses of the pink. John
took nothing, despite her managing to get the
guide to get the waiter to put his soup in a cup.

Mère le regardait : elle avait le biberon à portée de main, mais astucieusement le réserva pour le moment où ils seraient sortis des docks et partis sur la route côtière. Il avança la main pour l'attraper. Devant, sur la route, des voitures de métal liquide se formaient en haut d'une colline et puis instantanément filaient en ricochant le long de leur fenêtre. Il réussit à avaler deux gorgées, trois gorgées. Le biberon dansait dans ses mains comme un morceau de savon. « John ! » dit-elle. Mais John laissa juste tomber la tête, puis tourna son regard noyé vers la mer bouillante et ses millions d'yeux.

Eh bien, que pouvait-elle dire, sinon que l'idée entière lui apparaissait à l'évidence comme une regrettable erreur ? Ils les firent défiler dans la ville par contingents entiers, chaque car avait son propre guide (le leur était un autochtone, supposa Mère) : la place, le marché, l'église, les jardins. Mère suivait les autres, les autres suivaient le guide, et John suivait Mère. Tous recroquevillés, abattus, dans la chaleur, les courants d'air des toilettes et les contre-courants, les mendiants, les rabatteurs. Mère se sentait obscurément déclassée. La langue les avait relégués au fond de la classe, les avait expulsés. Ils étaient tous comme des enfants, tous comme John, n'ayant jamais la moindre idée de ce qu'ils étaient censés faire. Au restaurant, tout le monde se jeta sur le vin, et puis ils s'avachirent sur leurs chaises, les yeux roulant dans leurs orbites. Même Mère, pour lutter contre la panique, prit quelques verres de rosé. John ne prit rien, bien qu'elle ait obtenu du guide qu'il demande à un serveur de mettre la soupe de John dans une tasse.

After lunch the guide was dismissed (with a round of bitter applause) and the ship's officer announced through a faulty megaphone that they had an hour to shop and souvenir-hunt before reassembling in the square. Mother led John down an alley, about a hundred yards from the coaches, and came to an intransigent halt. If she stood there, in this bit of shade, keeping a careful eye on her watch... Minutes passed. A little boy approached and spoke to them, asking a question, "I can't understand you, dear," said Mother in a put-upon voice. Then she had a nasty turn when an old tramp started pestering them. "Go away," she said. That language : even the children and the tramps could speak it. And the British, she thought, once so proud, so bold... "I *said* : go away." She looked around and she saw a sign. It could only mean one thing. Couldn't it? She urged John forwards and when they gained the steps she was already feeling in her purse for the changed money.

The Municipal Aquarium felt like an air-raid shelter, squat, windowless, and redolent of damp stone. Apart from a baby's swimming pool in the centre of the room (in which some kind of turtle apathetically wallowed), there were just a dozen or so square tanks built into the walls, shimmering like televisions. With no prospect of pleasure she tugged John onwards into the deserted shadows.

Après le déjeuner, le guide fut renvoyé (dans une salve d'applaudissements amers) et l'officier du navire annonça dans un mégaphone défectueux qu'ils avaient une heure pour faire des achats et récolter des souvenirs avant le rassemblement sur la place. Mère conduisit John dans une ruelle, à environ cent mètres des autocars, et s'arrêta d'un coup, impérieuse. Si elle restait là, dans ce bout d'ombre, et gardait un œil attentif sur sa montre... Des minutes s'écoulèrent. Un petit garçon s'approcha et leur parla, posant une question. « Je ne te comprends pas, mon petit », dit Mère d'une voix artificielle. Puis elle devint méchante quand un vieux clochard se mit à les ennuyer. « Fous le camp », dit-elle. Cette langue : même les enfants et les clochards arrivaient à la parler. Et les Britanniques, pensa-t-elle, autrefois si fiers, si hardis... « *J'ai dit* : fous le camp. » Elle regarda autour d'elle et elle vit un panneau. Cela ne pouvait signifier qu'une chose. N'est-ce pas ? Elle poussa John en avant et quand ils eurent gagné les marches, elle cherchait déjà les devises dans son porte-monnaie.

L'Aquarium municipal ressemblait à un abri antiaérien, trapu, sans fenêtres et sentant la pierre humide. À part une piscine de bébé au milieu de la pièce (dans laquelle une vague tortue pataugeait de manière apathique), il y avait environ une douzaine de bacs carrés encastrés dans les murs, brillant comme des téléviseurs. Sans attendre aucun plaisir de cette vision, elle tira John en avant vers les ombres désertées.

And almost instantly she felt her disaffection loosen and disperse. By the time she was standing in front of the second display, why, Mother fairly beamed. All these strangely reassuring echoes of colour and shape and tone... There were some sea-anemones that looked just like Mrs Brine's smart new bathing cap with its tufted green locks. Coin-shaped mooners bore the same leopard dots and zebra flashes as were to be found among the dramatic patternings of the Parakeet Lounge. Like the ladies on Ballroom Night, flounced, refracted tiddlers waltzed among the dunce's-hat shells and the pitted coral. Three whiskered, toothless old-timers took a constitutional on the turbid surface while beneath them, in the tank's middle air, a lone silvery youngster flickered about as if nervously testing its freedom. Lobsters, cripples with a dozen crutches, teddyboy snakes smoothing their skintight trousers on the sandy floor, crabs like the sulphurous drunks in the Kingfisher Bar... She turned.

Where was her son? Mother's light-adapted eyes blinked indignantly at the dark. Then she saw him, kneeling, like a knight, by the inflated swimming pool. Softly she approached.

Et presque aussitôt, elle sentit son mécontente-
ment se défaire et se disperser. Et dès la seconde
vitrine, eh bien Mère était positivement radieuse.
Tous ces échos étrangement rassurants de cou-
leurs, de formes et de tons... Il y avait des ané-
mones de mer qui ressemblaient à s'y méprendre
au bonnet de bain tout neuf de Mme Saumure
avec ses petites boucles vertes en touffes. Des pois-
sons-lunes en forme de pièces de monnaie portaient les mêmes taches de léopard et les mêmes
zébrures que les motifs dramatiques qui déco-
raient le salon des Perroquets. Comme les dames
parées des nuits de bal, de minuscules épinoches
à volants réfractés valsaient parmi les coquillages
en bonnets d'âne et les coraux piquetés d'alvéoles.
Trois vieux loups de mer édentés à moustache y
allaient de leur promenade digestive à la surface
huileuse, tandis qu'en dessous, dans la partie centrale du bac, un petit jeune solitaire et argenté
virevoltait en vifs éclairs comme s'il testait nerveu-
sement les limites de sa liberté. Des homards, tels
des invalides avec des dizaines de béquilles, des
serpents en blousons noirs ajustant leurs panta-
lons de cuir ultra serrés sur le sol sablonneux, des
crabes semblables aux ivrognes sulfureux du Bar
du Héron... Elle se retourna.

Où était passé son fils? Les yeux de Mère, adap-
tés à la lumière, clignaient avec affolement dans
l'obscurité. Puis elle l'aperçut, agenouillé comme
un chevalier, à côté de la piscine gonflée. Elle
s'approcha doucement.

There lay the heavy shadow of the turtle : with all its appendages retracted, the humped animal extended to the very perimeter of its confines. Now she saw that John's hand was actually resting on the ridges of the creature's back, and she pulled his hair and said,

"John, don't, it's —"

He looked up, and with a sobbing gasp he wheeled away from her into the alley and the air. My goodness, whatever had he been eating these last few days? Mother could only stand watching as John sicked himself inside out, jerked and yanked this way and that by ropes and whips of olive drab.

The following evening, somewhere in the Bay of Biscay, John disappeared.

He was sitting on his bunk as Mother rinsed his bottle in the bathroom. The connecting door leaned shut in the swell. She was chatting to him about one thing and another : you know, home, and the cosiness of autumn and winter. Then she stepped into the cabin and said,

"Oh my darling, wherever have you gone?"

She went out into the corridor and the smell of ship. A passing officer dressed in white shorts looked at her with concern and reached out as if to keep her steady. She turned away from him guiltily.

On voyait l'ombre lourde de la tortue : avec tous ses appendices rétractés, l'animal bossu n'allait pas plus loin que le strict périmètre de sa carapace. Elle vit que la main de John était en fait posée sur les crêtes du dos de la créature et elle le tira par les cheveux en disant :

« John, non, ne fais pas ça, c'est… »

Il leva les yeux, et, avec un sanglot suffocant, il se dégagea violemment pour filer vers la ruelle et l'air libre. Mais mon Dieu, qu'avait-il mangé ces derniers jours ? Mère ne put que rester plantée à regarder tandis que John vomissait tripes et boyaux dans tous les coins, le corps secoué d'une danse de Saint-Guy, ballotté et fouetté par de longs filets vert sale.

Le soir suivant, quelque part dans la baie de Biscaye, John disparut.

Il était assis sur sa couchette tandis que Mère rinçait son biberon dans la salle de bains. La porte de communication se referma d'un coup avec le tangage. Elle bavardait avec lui, parlant de choses et d'autres : des choses comme, tiens, la maison, l'intimité douillette pendant l'automne et l'hiver. Puis elle revint dans la cabine et dit :

« Oh, mon chéri, où es-tu passé ? »

Elle sortit dans la coursive où on sentait si fort l'odeur du bateau. Un officier qui passait, en short blanc, la regarda d'un air soucieux et tendit la main comme pour l'aider à garder l'équilibre. Elle se détourna de lui avec une mine coupable.

Up the steps she climbed, and wandered down
Fun Alley after Fun Alley, from the Parakeet
Lounge to the Cockatoo Rooms, from the Cockatoo Rooms to the Kingfisher Bar. She ascended
the spiral staircase to the Robin's Nest. Her John :
wherever would he go ?

Alone in the thin rain John faced the evening
at the very stern of the ship, a hundred feet from
the writhing furrows of its wake. Spreading his
arms, he received the bloody javelin hurled at him
by the sun. Then with his limbs working slowly,
slowly attempting method, he tried to scale the
four white bars that separated him from the water.
And the sequence kept eluding him. The foot, the
hand, the rung; the slip, the swing, the topple. It
was the sequence, the order, that was always
wrong : foot, slip, hand, swing, rung, topple...

But Mother had him now. Calmly she moved
down the steps from the sundeck to the stern.

"John ?"

"Go," he said. "Go, *go*."

She walked him down to the cabin. He came
quietly. She sat him on the bunk. With her empty
lips she started to sing a soothing lullaby. John
wept into his hands. There was nothing new in
Mother's eyes as she reached for the bottle, and
for the gin, and for the clean water.

New Statesman, 1978; rewritten, 1997.

Elle monta les marches, passant de salle de jeux en salle de jeux, allant du salon des Perroquets au salon des Cacatoès, puis du salon des Cacatoès au Bar du Héron. Elle gravit l'escalier en colimaçon du Nid de Hune. Son John : où pouvait-il bien être allé ?

Seul au milieu des embruns, John faisait face au soir, à la poupe du navire, à cent pieds au-dessus des remous contorsionnés de son sillage. Les bras écartés, il recevait le javelot de sang que lui envoyait le dernier rayon du soleil. Puis, tandis que ses membres s'agitaient lentement, très lentement, essayant d'être méthodique, il entreprit d'escalader les quatre barres blanches qui le séparaient de l'eau. Mais la méthode lui échappait toujours. Le pied, la main, le barreau ; glisser, balancer, perdre l'équilibre. Tel était l'ordre, la séquence dans laquelle il y avait toujours une erreur : le pied, glisser, la main, balancer, le barreau, perdre l'équilibre…

Mais Mère le tenait à présent. Calmement, elle descendit les marches qui menaient du pont supérieur à la poupe.

« John ?

— Gon, dit-il. Gon, *gon.* »

Elle le ramena lentement vers la cabine. Il la suivait en silence. Elle l'assit sur sa couchette. De ses lèvres vides, elle chanta une berceuse apaisante. John pleurait dans ses mains. Il n'y avait rien de nouveau dans les yeux de Mère tandis qu'elle tendait la main vers le biberon, la bouteille de gin, et l'eau distillée.

New Statesman, 1978 ; réécrit, 1997.

Graham Swift

Learning to Swim

La leçon
de natation

Traduit de l'anglais
par Robert Davreu

Mrs Singleton had three times thought of leaving her husband. The first time was before they were married, on a charter plane coming back from a holiday in Greece. They were students who had just graduated. They had rucksacks and faded jeans. In Greece they had stayed part of the time by a beach on an island. The island was dry and rocky with great grey and vermilion coloured rocks and when you lay on the beach it seemed that you too became a hot, basking rock. Behind the beach there were eucalyptus trees like dry, leafy bones, old men with mules and gold teeth, a fragrance of thyme, and a café with melon seeds on the floor and a jukebox which played bouzouki music and songs by Cliff Richard. All this Mr Singleton failed to appreciate. He'd only liked the milk-warm, clear blue sea, in which he'd stayed most of the time as if afraid of foreign soil.

Mme Singleton avait songé trois fois à quitter son mari. La première, c'était avant qu'ils fussent mariés, sur un vol charter au retour de vacances en Grèce. Ils étaient étudiants et venaient d'obtenir leurs diplômes. Ils portaient des sacs à dos et des jeans délavés. En Grèce, ils avaient séjourné une partie du temps près d'une plage sur une île. L'île était aride et rocailleuse, avec de grands rochers gris et vermillon, et lorsque vous vous allongiez sur la plage, vous aviez l'impression de devenir vous aussi un roc inondé de soleil brûlant. En arrière de la plage, il y avait des eucalyptus pareils à des os desséchés et couverts de feuilles, des vieux avec des mules et des dents en or, une odeur entêtante de thym, et un café au sol jonché de pépins de melon et pourvu d'un juke-box qui jouait des airs de bouzouki et des chansons de Cliff Richard. Tout cela, M. Singleton ne parvenait pas à l'apprécier. Tout ce qu'il aimait, c'était la mer d'un bleu limpide, chaude comme du lait, où il passait le plus clair de son temps comme s'il avait peur d'une terre étrangère.

On the plane she'd thought : He hadn't enjoyed the holiday, hadn't liked Greece at all. All that sunshine. Then she'd thought she ought not to marry him.

Though she had, a year later.

The second time was about a year after Mr Singleton, who was a civil engineer, had begun his first big job. He became a junior partner in a firm with a growing reputation. She ought to have been pleased by this. It brought money and comfort; it enabled them to move to a house with a large garden, to live well, to think about raising a family. They spent weekends in country hotels. But Mr Singleton seemed untouched by this. He became withdrawn and incommunicative. He went to his work austere-faced. She thought : He likes his bridges and tunnels better than me.

The third time, which was really a phase, not a single moment, was when she began to calculate how often Mr Singleton made love to her. When she started this it was about once every fortnight on average. Then it became every three weeks. The interval had been widening for some time. This was not a predicament Mrs Singleton viewed selfishly. Love-making had been a problem before, in their earliest days together, which, thanks to her patience and initiative, had been overcome.

À bord de l'avion elle avait pensé : les vacances ne lui ont pas plu, il n'a pas du tout aimé la Grèce. Tout ce soleil. Alors elle s'était dit qu'elle ne devait pas l'épouser.

Mais, un an plus tard, elle l'avait épousé.

La deuxième fois, ce fut environ un an après que M. Singleton, qui était ingénieur civil, avait entrepris son premier gros travail. Il devint associé en second dans une firme à la renommée croissante. Elle aurait dû en être satisfaite. Cela apporta argent et confort ; ils purent ainsi emménager dans une maison pourvue d'un grand jardin, vivre dans l'aisance, songer à fonder une famille. Ils passaient des week-ends dans des hôtels de campagne. Mais tout cela semblait laisser M. Singleton indifférent. Il devenait distant et renfermé. Il allait à son travail avec une mine austère. Elle pensa : il me préfère ses ponts et ses tunnels.

La troisième fois, qui correspondait en réalité à une phase plus durable et non à un moment isolé, ce fut lorsqu'elle se mit à calculer la fréquence avec laquelle M. Singleton faisait l'amour avec elle. Lorsqu'elle entreprit ce calcul, la moyenne était d'une fois tous les quinze jours. Puis ce fut une fois toutes les trois semaines. L'écart s'était creusé depuis quelque temps. Ce n'était pas là une situation que Mme Singleton envisageait de manière égoïste. Les rapports sexuels avaient déjà été matière à problème, lors des premiers jours passés ensemble, mais, grâce à sa patience et à son initiative, cet obstacle avait été surmonté.

It was Mr Singleton's unhappiness, not her own, that she saw in their present plight. He was distrustful of happiness as some people fear heights or open spaces. She would reassure him, encourage him again. But the averages seemed to defy her personal effort : once every three weeks, once every month... She thought : Things go back to as they were.

But then, by sheer chance, she became pregnant.

Now she lay on her back, eyes closed, on the coarse sand of the beach in Cornwall. It was hot and, if she opened her eyes, the sky was clear blue. This and the previous summer had been fine enough to make her husband's refusal to go abroad for holidays tolerable. If you kept your eyes closed it could be Greece or Italy or Ibiza. She wore a chocolate-brown bikini, sun-glasses, and her skin, which seldom suffered from sunburn, was already beginning to tan. She let her arms trail idly by her side, scooping up little handfuls of sand. If she turned her head to the right and looked towards the sea she could see Mr Singleton and their son Paul standing in the shallow water. Mr Singleton was teaching Paul to swim. "Kick!" he was saying. From here, against the gentle waves, they looked like no more than two rippling silhouettes.

"Kick!" said Mr Singleton, "Kick!" He was like a punisher, administering lashes.

C'était l'insatisfaction de M. Singleton, non la sienne, qu'elle considérait dans l'état présent de leur union. Il se défiait du bonheur comme d'autres craignent l'altitude ou les grands espaces. Elle s'employait à le rassurer, à l'encourager de nouveau. Mais les moyennes semblaient défier ses efforts personnels : une fois toutes les trois semaines, une fois tous les mois… Elle pensa : on retourne à la case départ.

Mais sur ces entrefaites, par un pur hasard, elle se trouva enceinte.

À présent, elle était allongée sur le dos, les yeux clos, sur le sable grossier de la plage de Cornouailles. Il faisait chaud et, si elle ouvrait les yeux, le ciel était d'un bleu limpide. Cet été-là ainsi que le précédent avaient été assez beaux pour rendre tolérable le refus de son mari d'aller passer les vacances à l'étranger. Si vous gardiez les yeux fermés, ce pouvait être la Grèce, l'Italie ou Ibiza. Elle portait un bikini couleur chocolat, des lunettes de soleil, et sa peau, qui prenait rarement des coups de soleil, commençait à brunir. Elle laissait ses bras traîner nonchalamment le long de ses flancs, écopant de petites poignées de sable. Si elle tournait la tête à droite et regardait en direction de la mer, elle pouvait apercevoir M. Singleton et leur fils Paul debout dans l'eau peu profonde. M. Singleton apprenait à nager à Paul. « Ciseaux ! » disait-il. De là, sur fond de faible houle, ils ne paraissaient guère plus que deux silhouettes ondulantes.

« Ciseaux ! disait M. Singleton. Ciseau ! » On aurait dit un punisseur, en train d'administrer les verges.

She turned her head away to face upwards. If you shut your eyes you could imagine you were the only one on the beach; if you held them shut you could be part of the beach. Mrs Singleton imagined that in order to acquire a tan you had to let the sun make love to you.

She dug her heels in the sand and smiled involuntarily.

When she was a thin, flat-chested, studious girl in a grey school uniform Mrs Singleton had assuaged her fear and desperation about sex with fantasies which took away from men the brute physicality she expected of them. All her lovers would be artists. Poets would write poems to her, composers would dedicate their works to her. She would even pose, naked and immaculate, for painters, who having committed her true, her eternal form to canvas, would make love to her in an impalpable, ethereal way, under the power of which her bodily and temporal self would melt away, perhaps for ever. These fantasies (for she had never entirely renounced them) had crystallized for her in the image of a sculptor, who from a cold intractable piece of stone would fashion her very essence — which would be vibrant and full of sunlight, like the statues they had seen in Greece.

At university she had worked on the assumption that all men lusted uncontrollably and insatiably after women.

Elle détourna la tête pour regarder en l'air. Si vous fermiez les yeux, vous pouviez vous figurer être la seule personne sur la plage ; si vous les teniez fermés, vous pouviez faire partie de la plage. Mme Singleton s'imaginait que pour acquérir un bronzage il fallait laisser le soleil vous faire l'amour.

Elle enfonça ses talons dans le sable et sourit involontairement.

Lorsqu'elle était une mince jeune fille studieuse à la poitrine plate dans son uniforme gris d'écolière, Mme Singleton avait apaisé sa peur et son désespoir à l'égard du sexe par des fantasmes qui dépouillaient les hommes de la brutalité physique qu'elle leur prêtait. Tous ses amants seraient des artistes. Des poètes lui écriraient des poèmes, des compositeurs lui dédieraient leurs œuvres. Elle poserait même nue et immaculée pour des peintres, qui, ayant confié à la toile sa forme éternelle et vraie, lui feraient l'amour d'une manière impalpable, éthérée, capable de dissoudre son moi corporel et temporel, peut-être à tout jamais. Ces fantasmes (car elle n'y avait jamais totalement renoncé) s'étaient cristallisés pour elle dans l'image d'un sculpteur, qui, d'un bloc de pierre froid et rebelle, façonnerait sa véritable essence — qui serait vibrante et pleine de soleil, comme les statues qu'ils avaient vues en Grèce.

À l'université elle s'était mis en tête que tous les hommes éprouvaient un désir incontrôlable et insatiable pour les femmes.

She had not yet encountered a man who, whilst
prone to the usual instincts, possessing moreover
a magnificent body with which to fulfil them, yet
had scruples about doing so, seemed ashamed of
his own capacities. It did not matter that Mr Singleton was reading engineering, was scarcely artis-
tic at all, or that his powerful physique was unlike
the nebulous creatures of her dreams. She found
she loved this solid man-flesh. Mrs Singleton had
thought she was the shy, inexperienced, timid girl.
Overnight she discovered that she wasn't this at
all. He wore tough denim shirts, spoke and smiled
very little and had a way of standing very straight
and upright as if he didn't need any help from
anyone. She had to educate him into moments of
passion, of self-forgetfulness which made her glow
with her own achievement. She was happy because
she had not thought she was happy and she
believed she could make someone else happy. At
the university girls were starting to wear jeans,
record-players played the Rolling Stones and in
the hush of the Modern Languages Library she
read Leopardi and Verlaine. She seemed to float
with confidence in a swirling, buoyant element
she had never suspected would be her own.

"Kick!" she heard again from the water.

Elle n'avait jamais encore rencontré d'homme
qui, mû par les instincts habituels, et doté par sur-
croît d'un corps superbe propre à les satisfaire,
eût cependant des scrupules à passer à l'acte et
parût avoir honte de ses capacités. Il importait
peu que M. Singleton fît des études d'ingénieur,
qu'il n'eût pas le moindre sens artistique, ni que
son physique différât des créatures nébuleuses de
ses rêves. Elle s'aperçut qu'elle aimait cette chair
d'homme vigoureuse. Mme Singleton avait cru
qu'elle était la jeune fille timide, inexpérimentée,
craintive, en personne. Du jour au lendemain,
elle découvrit qu'elle n'était pas du tout comme
ça. Il portait des chemises en tissu de jean rêche,
parlait et souriait très peu, et il avait une façon
de se tenir très raide et droit comme s'il n'avait
besoin de l'aide de personne. Il lui fallut l'initier
à des moments de passion, d'oubli de soi, qui la
faisaient rayonner de sa propre réussite. Elle était
heureuse car elle n'avait pas songé à l'être et se
croyait capable de rendre heureux quelqu'un
d'autre. À l'université les filles commençaient à
porter des jeans, les tourne-disques jouaient les
Rolling Stones et, dans le silence de la bibliothèque des langues modernes, elle lisait Leopardi
et Verlaine. Elle semblait flotter avec confiance
dans un élément allègre et tourbillonnant dont
elle n'avait jamais soupçonné qu'il pût être le sien.

« Ciseau ! » entendit-elle de nouveau venant de
l'eau.

Mr Singleton had twice thought of leaving his wife. Once was after a symphony concert they had gone to in London when they had not known each other very long and she still tried to get him to read books, to listen to music, to take an interest in art. She would buy concert or theatre tickets, and he had to seem pleased. At this concert a visiting orchestra was playing some titanic, large-scale work by a late nineteenth-century composer. A note in the programme said it represented the triumph of life over death. He had sat on his plush seat amidst the swirling barrage of sound. He had no idea what he had to do with it or the triumph of life over death. He had thought the same thought about the rapt girl on his left, the future Mrs Singleton, who now and then bobbed, swayed or rose in her seat as if the music physically lifted her. There were at least seventy musicians on the platform. As the piece worked to its final crescendo the conductor, whose arms were flailing frantically so that his white shirt back appeared under his flying tails, looked so absurd Mr Singleton thought he would laugh. When the music stopped and was immediately supplanted by wild cheering and clapping he thought the world had gone mad. He had struck his own hands together so as to appear to be sharing the ecstasy.

M. Singleton avait songé deux fois à quitter sa femme. La première fois, ce fut après un concert symphonique auquel ils avaient assisté à Londres alors qu'ils ne se connaissaient pas depuis très longtemps et qu'elle essayait encore de l'inciter à lire des livres, à écouter de la musique et à s'intéresser à l'art. Elle ne cessait d'acheter des places de théâtre et de concert, et il lui fallait avoir l'air content. À ce concert un orchestre en tournée jouait une œuvre titanesque d'un compositeur de la fin du xixe siècle. Une notice du programme disait qu'elle représentait le triomphe de la vie sur la mort. Il s'était assis sur son fauteuil en peluche au milieu d'un barrage de bruit tourbillonnant. Il n'avait aucune idée de la raison pour laquelle il était là, ni du triomphe de la vie sur la mort. La même pensée lui était venue à propos de la fille en extase à sa gauche, la future Mme Singleton, qui s'agitait, oscillait ou se soulevait de temps à autre sur son siège comme si la musique la transportait littéralement. Il y avait au moins soixante-dix musiciens sur scène. Tandis que le morceau s'acheminait vers son crescendo final, le chef d'orchestre, dont les bras battaient si frénétiquement la mesure que le dos de sa chemise blanche apparaissait sous la queue-de-pie volante de son habit, sembla si ridicule que M. Singleton crut qu'il allait éclater de rire. Lorsque la musique s'arrêta, laissant immédiatement place à une ovation et à un tonnerre d'applaudissements, il pensa que le monde était devenu fou. Il avait frappé ses mains l'une contre l'autre pour faire semblant de partager le délire.

Then, as they filed out, he had almost wept
because he felt like an insect. He even thought she
had arranged the whole business so as to humili-
ate him.

He thought he would not marry her.

The second time was after they had been married some years. He was one of a team of engineers working on a suspension bridge over an
estuary in Ireland. They took it in turns to stay on
the site and to inspect the construction work per-
sonally. Once he had to go to the very top of one
of the two piers of the bridge to examine work on
the bearings and housing for the main overhead
cables. A lift ran up between the twin towers of the
pier amidst a network of scaffolding and power
cables to where a working platform was posi-
tioned. The engineer, with the supervisor and the
foreman, had only to stay on the platform from
where all the main features of construction were
visible. The men at work on the upper sections of
the towers, specialists in their trade, earning up to
two hundred pounds a week — who balanced on
precarious cat-walks and walked along exposed
reinforcing girders — often jibed at the engineers
who never left the platform. He thought he would
show them. He walked out on to one of the cat-
walks on the outer face of the pier where they
were fitting huge grip-bolts. This was quite safe if
you held on to the rails but still took some nerve.

Puis, comme ils faisaient la queue pour sortir, il avait failli pleurer car il avait l'impression d'être un insecte. Il alla jusqu'à penser qu'elle avait organisé toute la soirée afin de l'humilier.

Il pensa qu'il ne l'épouserait pas.

La seconde fois, ce fut après quelques années de mariage. Il faisait partie d'une équipe d'ingénieurs qui travaillaient à la réalisation d'un pont suspendu sur un estuaire en Irlande. Ils se relayaient pour séjourner sur le site et inspecter personnellement les travaux de construction. Un jour il lui fallut se rendre tout en haut d'une des deux piles de l'ouvrage pour examiner les appuis et le logement des câbles porteurs principaux. Un monte-charge s'élevait entre les deux tours jumelles des piles, au milieu d'un réseau d'échafaudages et de câbles électriques jusqu'à l'endroit où se trouvait située une plate-forme de montage. L'ingénieur, accompagné du chef de chantier et du contremaître, n'avait qu'à demeurer sur la plate-forme d'où l'on apercevait tous les éléments principaux de la construction. Les hommes à l'œuvre en haut des tours, des spécialistes du métier dont le salaire s'élevait jusqu'à deux cents livres par semaine — à se balancer sur des coursives précaires en suivant des longerons de renforcement en plein vent —, brocardaient souvent les ingénieurs qui ne quittaient jamais la plate-forme. Il allait leur faire voir, pensa-t-il. Il s'avança sur l'une des coursives à l'avant de la pile où ils étaient en train d'ajuster d'énormes boulons de serrage. Ce n'était pas dangereux si vous vous teniez aux lisses, mais il fallait tout de même du cran.

He wore a check cheese-cloth shirt and his white safety helmet. It was a grey, humid August day. The cat-walk hung over greyness. The water of the estuary was the colour of dead fish. A dredger was chugging near the base of the pier. He thought, I could swim the estuary; but there is a bridge. Below him the yellow helmets of workers moved over the girders for the roadway like beetles. He took his hands from the rail. He wasn't at all afraid. He had been away from his wife all week. He thought : She knows nothing of this. If he were to step out now into the grey air he would be quite by himself, no harm would come to him...

Now Mr Singleton stood in the water, teaching his son to swim. They were doing the water-wings exercise. The boy wore a pair of water-wings, red underneath, yellow on top, which ballooned up under his arms and chin. With this to support him, he would splutter and splash towards his father who stood facing him some feet away. After a while at this they would try the same procedure, his father moving a little nearer, but without the water-wings, and this the boy dreaded. "Kick!" said Mr Singleton. "Use your legs!" He watched his son draw painfully towards him. The boy had not yet grasped that the body naturally floated and that if you added to this certain mechanical effects, you swam.

Il portait une chemise d'étamine à carreaux et
son casque blanc de chantier. C'était une journée
plombée et humide du mois d'août. La coursive
était suspendue au-dessus de la grisaille. L'eau de
l'estuaire était couleur de poisson mort. Une
drague ahanait à proximité de la base de la pile.
Je pourrais traverser l'estuaire à la nage, pensa-
t-il ; mais il y a un pont. En dessous de lui, les
casques jaunes des ouvriers s'agitaient sur les longerons du tablier de la route comme des insectes.
M. Singleton ôta ses mains de la lisse. Il n'avait
pas du tout peur. Il était resté éloigné de sa
femme toute la semaine. Elle ne connaît rien de
tout cela, pensa-t-il. S'il devait s'élancer à présent
dans l'air gris, il serait absolument seul, il ne lui
arriverait rien...

À présent M. Singleton était debout dans l'eau,
en train d'apprendre à nager à son fils. Ils en
étaient aux exercices préliminaires. Le garçon portait une paire de flotteurs, rouges en dessous,
jaunes sur le dessus, qui se gonflaient sous ses bras
et son menton. Pourvu de ce support, il pataugeait à grand renfort d'éclaboussures en direction
de son père qui se tenait à quelques pieds devant
lui. Au bout d'un certain temps ils essaieraient les
mêmes mouvements, son père se rapprochant un
peu, mais sans les flotteurs, et c'était là ce que le
garçon redoutait. « Ciseaux ! disait M. Singleton.
Sers-toi de tes jambes ! » Il observait son fils avan-
cer à grand-peine vers lui. Ce garçon n'avait pas
encore compris que le corps flottait naturellement
et qu'il suffisait d'ajouter certains effets mécaniques pour nager.

He thought that in order to swim you had to make as much frantic movement as possible. As he struggled towards Mr Singleton his head, which was too high out of the water, jerked messily from side to side, and his eyes which were half closed swivelled in every direction but straight ahead. "Towards me!" shouted Mr Singleton. He held out his arms in front of him for Paul to grasp. As his son was on the point of clutching them he would step back a little, pulling his hands away, in the hope that the last desperate lunge to reach his father might really teach the boy the art of propelling himself in water. But he sometimes wondered if this were his only motive.

"Good boy. Now again."

At school Mr Singleton had been an excellent swimmer. He had won various school titles, broken numerous records and competed successfully in ASA championships. There was a period between the ages of about thirteen and seventeen which he remembered as the happiest in his life. It wasn't the medals and trophies that made him glad, but the knowledge that he didn't have to bother about anything else. Swimming vindicated him. He would get up every morning at six and train for two hours in the baths, and again before lunch; and when he fell asleep, exhausted, in French and English periods in the afternoon, he didn't have to bother about the indignation of the masters — lank, ill-conditioned creatures — for he had his excuse.

Il croyait que pour y arriver il fallait effectuer des mouvements aussi frénétiques que possible. Dans des efforts pour rejoindre M. Singleton, sa tête, qu'il tenait trop haute hors de l'eau, s'agitait de droite et de gauche de façon anarchique, et ses yeux à demi fermés louchaient en tous sens sans jamais se fixer droit devant lui. « Vers moi ! » criait M. Singleton. Il tendait les bras pour que Paul les saisisse. Lorsque son fils était sur le point de les agripper, il reculait un tout petit peu en retirant ses mains, dans l'espoir que l'ultime élan désespéré pour atteindre son père pourrait vraiment apprendre au garçon l'art de se propulser dans l'eau. Mais il se demandait parfois si tel était son unique motif.

« C'est bien. Allez, on recommence. »

À l'école M. Singleton avait été un excellent nageur. Il avait emporté diverses épreuves scolaires, battu quantité de records et participé victorieusement aux championnats académiques. Il y avait une période, entre l'âge de treize ans et celui de seize ans, dont il se souvenait comme étant la plus heureuse de son existence. Ce n'étaient pas les médailles et les trophées qui le rendaient heureux, mais le fait de savoir qu'il n'avait à se soucier de rien d'autre. Nager était sa justification. Il se levait tous les matins à six heures et s'entraînait deux heures durant dans les bassins, puis de nouveau avant le déjeuner ; et lorsqu'il s'endormait, épuisé, aux cours de français et d'anglais de l'après-midi, il n'avait pas à se soucier de l'indignation des professeurs — créatures efflanquées, en mauvaise santé — car il avait son excuse.

He didn't have to bother about the physics teacher
who complained to the headmaster that he would
never get the exam results he needed if he didn't
cut down his swimming, for the headmaster (who
was an advocate of sport) came to his aid and told
the physics teacher not to interfere with a boy
who was a credit to the school. Nor did he have to
bother about a host of other things which were
supposed to be going on inside him, which made
the question of what to do in the evening, at week-
ends, fraught and tantalizing, which drove other
boys to moodiness and recklessness. For once in
the cool water of the baths, his arms reaching, his
eyes fixed on the blue marker line on the bottom,
his ears full so that he could hear nothing around
him, he would feel quite by himself, quite sufficient. At the end of races, when for once brief
instant he clung panting alone like a survivor to
the finishing rail which his rivals had yet to touch,
he felt an infinite peace. He went to bed early,
slept soundly, kept to his training regimen; and
he enjoyed this Spartan purity which disdained
pleasure and disorder. Some of his school mates
mocked him — for not going to dances on Satur-
days or to pubs, under age, or the Expresso after
school. But he did not mind. He didn't need them.
He knew they were weak. None of them could
hold out, depend on themselves, spurn comfort if
they had to.

Il n'avait pas à se soucier du professeur de physique qui se plaignait au principal de ce qu'il
n'obtiendrait jamais les résultats requis aux exa-
mens s'il ne réduisait pas son entraînement, car
le principal (qui défendait le sport) venait à son
secours et disait au professeur de physique de ne
pas s'en prendre à un garçon qui faisait honneur
à la réputation de l'école. Et il n'avait pas davantage à se soucier d'une foule d'autres choses qui
étaient censées se passer en lui, qui rendaient
taraudante la question de savoir quoi faire le soir
ou durant les week-ends, et qui troublaient l'humeur et la tranquillité des autres garçons. Car une
fois dans l'eau froide des bassins, les bras mouli-
nant, les yeux fixés sur la ligne bleue du fond, les
oreilles si pleines d'eau qu'il n'entendait plus rien
autour de lui, il se sentait absolument seul, auto-
suffisant. À la fin des courses, lorsque, un court
instant durant, il restait accroché seul comme un
survivant à la bordure d'arrivée que ses rivaux
n'avaient pas encore touchée, il ressentait une
paix infinie. Il allait se coucher tôt, dormait comme
une souche, se tenait à son régime d'entraînement; et il aimait cette pureté spartiate, dédai-
gneuse du plaisir et du désordre. Certains de ses
condisciples se moquaient de lui — parce qu'il
n'allait pas aux bals le samedi, ni dans les pubs,
en trichant sur l'âge, ni à la cafétéria après l'école.
Mais cela lui était égal. Il n'avait pas besoin d'eux.
Il savait qu'ils étaient faibles. Aucun d'eux n'était
capable de résister jusqu'au bout, de ne comp-
ter que sur lui-même, de refuser le réconfort si la
nécessité s'en faisait sentir.

Some of them would go under in life. And none of them could cleave the water as he did or possessed a hard, stream-lined, perfectly tuned body as he did.

Then, when he was nearly seventeen all this changed. His father, who was an engineer, though proud of his son's trophies, suddenly pressed him to different forms of success. The headmaster no longer shielded him from the physics master. He said : "You can't swim into your future." Out of spite perhaps or an odd consistency of self-denial, he dropped swimming altogether rather than cut it down. For a year and a half he worked at his maths and physics with the same single-mindedness with which he had perfected his sport. He knew about mechanics and engineering because he knew how to make his body move through water. His work was not merely competent but good. He got to university where he might have had the leisure, if he wished, to resume his swimming. But he did not. Two years are a long gap in a swimmer's training; two years when you are near your peak can mean you will never get back to your true form. Sometimes he went for a dip in the university pool and swam slowly up and down amongst practising members of the university team, whom perhaps he could still have beaten, as a kind of relief.

Certains d'entre eux couleraient à pic dans l'existence. Et aucun ne fendrait l'eau comme il le faisait ni ne posséderait un corps endurci, caréné et aussi parfaitement réglé que le sien.

Puis, lorsqu'il eut dix-sept ans, tout cela changea. Son père, qui était ingénieur, bien qu'il fût fier des trophées de son fils, le poussa soudain vers d'autres formes de réussite. Le principal ne le protégea plus du professeur de physique. Il dit : « Vous ne pouvez assurer votre avenir en nageant. » Par dépit ou par une curieuse cohérence dans la négation de soi, il laissa totalement tomber la natation plutôt que de réduire son entraînement. Pendant un an et demi, il bûcha ses maths et sa physique avec la même opiniâtreté exclusive que celle qu'il avait mise en œuvre dans son sport. Il s'y connaissait en mécanique et en construction car il savait comment mouvoir son corps dans l'eau. Son travail ne fut pas seulement convenable, mais excellent. Il entra à l'université où il aurait pu avoir le loisir, s'il l'avait désiré, de reprendre la natation. Mais il ne le fit point. Deux ans, c'est une longue interruption dans l'entraînement d'un nageur ; deux ans, lorsque vous êtes proche de votre sommet, peuvent signifier que vous ne retrouverez jamais votre forme véritable. Parfois il allait piquer une tête dans la piscine de l'université et alignait lentement des longueurs parmi les membres de l'équipe universitaire, qu'il aurait peut-être encore pu battre, comme une sorte de défoulement.

Often, Mr Singleton dreamt about swimming. He would be moving through vast expanses of water, an ocean. As he moved it did not require any effort at all. Sometimes he would go for long distances under water, but he did not have to bother about breathing. The water would be silvery-grey. And as always it seemed that as he swam he was really trying to get beyond the water, to put it behind him, as if it were a veil he were parting and he would emerge on the other side of it at last, on to some pristine shore, where he would step where no one else had stepped before.

When he made love to his wife her body got in the way; he wanted to swim through her.

Mrs Singleton raised herself, pushed her sunglasses up over her dark hair and sat with her arms stretched straight behind her back. A trickle of sweat ran between her breasts. They had developed to a good size since her schoolgirl days. Her skinniness in youth had stood her in good stead against the filling out of middle age, and her body was probably more mellow, more lithe and better proportioned now than it had ever been. She looked at Paul and Mr Singleton half immersed in the shallows. It seemed to her that her husband was the real boy, standing stubbornly upright with his hands before him, and that Paul was some toy being pulled and swung relentlessly around him and towards him as though on some string. They had seen her sit up. Her husband waved, holding the boy's hand, as though for the two of them.

Souvent, M. Singleton rêvait de natation. Il se mouvait à travers de vastes étendues d'eau, un océan. Se mouvoir ainsi n'exigeait aucun effort. Parfois il parcourait de longues distances sous l'eau, mais il n'avait pas à se soucier de respirer. L'eau était d'un gris argenté. Et toujours, alors qu'il nageait, il semblait qu'il essayait en réalité d'aller au-delà de l'eau, de mettre celle-ci derrière lui, comme s'il s'agissait d'un voile qu'il ouvrait par le milieu pour émerger enfin de l'autre côté, sur un rivage primitif, que personne avant lui n'aurait encore foulé.

Lorsqu'il faisait l'amour avec sa femme, le corps de celle-ci se mettait en travers du chemin ; il voulait nager à travers elle.

Mme Singleton se souleva, remonta ses lunettes de soleil sur ses cheveux foncés et s'assit les bras tendus derrière le dos. Un filet de sueur coulait entre ses deux seins. Ils avaient pris une bonne taille depuis ses années de collégienne. Sa maigreur de jeunesse lui avait été d'un grand secours contre les rondeurs de l'âge mûr, et son corps était probablement plus moelleux, plus agile et mieux proportionné aujourd'hui qu'il ne l'avait jamais été. Elle regarda Paul et M. Singleton à demi immergés dans les hauts-fonds. Elle avait l'impression que c'était son mari qui était le vrai gamin, figé, les mains devant lui, comme un entêté, et que Paul était un jouet qu'il tirait et ballottait sans cesse à hue et à dia et comme au bout d'une ficelle. Ils l'avaient vue s'asseoir. Son mari fit un signe de la main, en tenant celle du petit garçon, comme si c'était pour tous les deux.

Paul did not wave; he seemed more concerned
with the water in his eyes. Mrs Singleton did
not wave back. She would have done if her son
had waved. When they had left for their holiday
Mr Singleton had said to Paul, "You'll learn to
swim this time. In salt water, you know, it's eas-
ier." Mrs Singleton hoped her son wouldn't swim;
so that she could wrap him, still, in the big yellow
towel when he came out, rub him dry and warm,
and watch her husband stand apart, his hands
empty.

She watched Mr Singleton drop his arm back
to his side. "If you wouldn't splash it wouldn't go
in your eyes," she just caught him say.

The night before, in their hotel room, they had
argued. They always argued about half way through
their holidays. It was symbolic, perhaps, of that
first trip to Greece, when he had somehow refused
to enjoy himself. They had to incur injuries so that
they could then appreciate their leisure, like convalescents. For the first four days or so of their holiday Mr Singleton would tend to be moody, on
edge. He would excuse this as "winding down,"
the not-to-be-hurried process of dispelling the
pressures of work. Mrs Singleton would be patient.

1 Piscine à bord du paquebot *Queen Elizabeth 2*, 1996, photographie de Bruce Davidson.

« *Au cours de cette croisière, le bateau fit escale dans cinq villes clefs. Mais la règle imposée par Mère était : On ne quitte pas le navire. On ne quitte jamais le navire.* »

2 Knokke, Belgique, 2001, photographie de Martin Parr.

3 *Tales of Modern Motoring*, Grande-Bretagne, 1994, photographie de Martin Parr. Une image qui semble mettre en scène le silence entre les trois personnages, tout comme la nouvelle de Graham Swift, très subtile étude du silence entre deux êtres qui ont cessé de s'aimer.

4 Graham Swift.

2

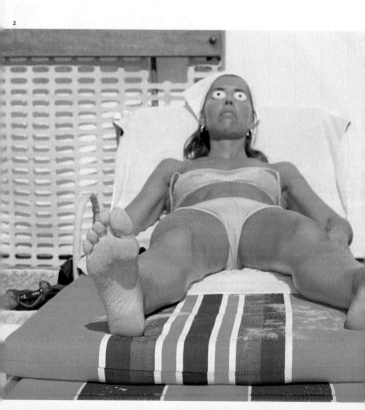

3

« Mme Singleton fut gagnée par l'inquiétude, bien qu'elle demeurât immobile sur la plage. [...] Elle pensait que M. Singleton et Paul étaient restés trop longtemps dans l'eau. Ils devaient sortir. »

4

5

« Le navire était un bar flottant, un casino sur mer. Ainsi,
on allait à l'étranger sur un morceau d'Angleterre qui filait
sur les vagues, toute terreur anesthésiée par des barmen
anglais qui vous servaient des boissons détaxées. »

6

5 Barbados, 1999, photographie de David Hurn.

6 Le *Crystal Bar* à bord du *Queen Elizabeth 2*,
1998, photographie de Bruce Davidson.

7 Martin en 1956 avec sa sœur Sally et ses parents, Kingsley et Hilary Amis.

8 Martin Amis au travail dans son bureau en avril 1990.
Au début des années soixante-dix, Martin Amis était appelé
l'« enfant terrible des lettres anglaises ».

9

9 Petite fille traversant la rue avec son père, France, 2003,
photographie de Gueorgui Pinkhassov.

10 Deux fillettes dans une voiture, Liverpool, 2000,
photographie d'Alex Majoli.

11 Ian McEwann chez lui à Londres, assis à son bureau, décembre 1979.

« "Bonjour, papa, dit Miranda. Je te présente Charmian,
mon amie." [...] Leur précédent rire semblait encore
présent, caché dans leur silence. Stephen se leva
et embrassa sa fille. [...] Elle avait une odeur nouvelle,
une vie privée, dont elle n'avait à rendre compte
à personne. »

12 Max dans la piscine, Arles, 2002, photographie de Peter Marlow.

« Mais lui, mouvant bras et jambes, à moitié par panique, à moitié par orgueil, s'éloignait de son père, il s'éloignait du rivage, dans cet étrange élément nouveau qui semblait être tout entier le sien. »

Paul n'agitait pas le bras ; il paraissait se soucier davantage de l'eau dans ses yeux. Mme Singleton ne répondit pas au signe. Elle l'aurait fait si son fils l'avait fait. Lorsqu'ils étaient partis en vacances, M. Singleton avait dit à Paul : « Tu vas apprendre à nager, cette fois. Dans l'eau salée, tu sais, c'est plus facile. » Mme Singleton espérait que son fils ne voudrait pas nager, de façon à pouvoir l'envelopper, immobile, dans la grande serviette jaune lorsqu'il sortirait, à le frotter jusqu'à ce qu'il soit bien sec et réchauffé, et à regarder son mari à l'écart, les mains vides.

Elle regarda M. Singleton laisser retomber son bras sur son flanc. « Si tu n'éclaboussais pas, ça n'irait pas dans tes yeux », l'entendit-elle dire au vol.

La nuit précédente, dans leur chambre d'hôtel, ils avaient eu une dispute. Ils se disputaient toujours vers le milieu des vacances. C'était symbolique, peut-être, de ce premier voyage en Grèce, où il avait d'une certaine manière refusé de s'amuser. Il leur fallait s'exposer à des blessures de façon à pouvoir ensuite apprécier leurs loisirs comme des convalescents. Durant les quatre ou cinq premiers jours de leurs vacances, M. Singleton avait tendance à être de mauvaise humeur, agacé pour un rien. En guise d'excuse, il parlait du besoin de « décompresser », ce processus qui consiste à relâcher la tension due au travail. Mme Singleton se montrait patiente.

On about the fifth day Mrs Singleton would begin to suspect that the winding down would never end and indeed (which she had known all along) that it was not winding down at all — he was clinging, as to a defence, to his bridges and tunnels; and she would show her resentment. At this point Mr Singleton would retaliate by an attack upon her indolence.

Last night he had called her "flabby". He could not mean, of course, "flabby-bodied" (she could glance down, now, at her still flat belly), though such a sensual attack, would have been simpler, almost heartening, from him. He meant "flabby of attitude." And what he meant by this, or what he wanted to mean, was that *he* was not flabby; that he worked, facing the real world, erecting great solid things on the face of the land, and that, whilst he worked, he disdained work's rewards — money, pleasure, rich food, holidays abroad — that he hadn't "gone soft," as she had done since they graduated eleven years ago, with their credentials for the future and their plane tickets to Greece. She knew this toughness of her husband was only a cover for his own failure to relax and his need to keep his distance.

Vers le cinquième jour elle commençait à soup-
çonner que la décompression ne prendrait jamais
fin et, à dire vrai (ce qu'elle avait toujours su),
qu'il ne s'agissait pas du tout de décompresser :
il s'accrochait, comme à une défense, à ses ponts
et à ses tunnels ; et elle manifestait son ressentiment. À ce stade M. Singleton rétorquait par une
attaque contre son indolence.

La nuit dernière il l'avait traitée d'« avachie ». Il
ne pouvait vouloir dire, bien sûr, « au corps ava-
chi » (elle pouvait, en cet instant même, lorgner
vers son ventre encore plat), encore qu'une telle
attaque sensuelle aurait été plus simple, presque
rassérénante de sa part. Il voulait dire « avachie
moralement ». Et ce qu'il entendait par là, ou ce
qu'il sous-entendait c'était que tel n'était pas son
cas *à lui*, qu'il travaillait, qu'il affrontait le monde
réel, érigeant de grands trucs solides sur la face
de la Terre, et que, tout en travaillant, il dédai-
gnait les récompenses du travail — l'argent, le
plaisir, la bonne chère, les vacances à l'étranger —, qu'il ne s'était pas « ramolli », comme elle
l'avait fait depuis qu'ils avaient obtenu leurs
diplômes onze ans plus tôt, en même temps que
leurs créances sur l'avenir et leurs billets d'avion
pour la Grèce. Elle savait que cette dureté de son
mari ne servait qu'à masquer sa propre incapacité
à se détendre et son besoin de garder ses distances.

She knew that he found no particular virtue in his bridges and tunnels (it was the last thing he wanted to do really — build); it didn't matter if they were right or wrong, they were there, he could point to them as if it vindicated him — just as when he made his infrequent, if seismic, love to her it was not a case of enjoyment or satisfaction; he just did it.

It was hot in their hotel room. Mr Singleton stood in his blue pyjama bottoms, feet apart, like a PT instructor.

"Flabby? What do you mean — 'flabby'!?" she had said, looking daunted.

But Mrs Singleton had the advantage whenever Mr Singleton accused her in this way of complacency, of weakness. She knew he only did it to hurt her, and so to feel guilty, and so to feel the remorse which would release his own affection for her, his vulnerability, his own need to be loved. Mrs Singleton was used to this process, to the tenderness that was the tenderness of successively opened and reopened wounds. And she was used to being the nurse who took care of the healing scars.

Elle savait qu'il ne trouvait aucune vertu particulière à ses ponts et à ses tunnels (construire était
bien la dernière chose qu'il désirait en réalité
faire) ; peu importait qu'il fût ou non satisfait de
ses ouvrages, ils étaient là, il pouvait les montrer du doigt comme pour justifier son existence
— exactement de la même façon que lorsqu'il lui
faisait l'amour, rarement, même si c'était de façon
sismique, ce n'était pas une question de jouis-
sance ou de satisfaction ; il le faisait, un point c'est
tout.

Il faisait chaud dans leur chambre d'hôtel.
M. Singleton se tenait debout, les pieds écartés
dans son bas de pyjama bleu, comme un moni-
teur d'éducation physique.

«Avachie ? Que veux-tu dire — "avachie" !? »
avait-elle dit, l'air abattu.

Mais Mme Singleton avait l'avantage chaque
fois que M. Singleton l'accusait ainsi de complaisance, de faiblesse. Elle savait qu'il ne le faisait
que pour la blesser, et ainsi se sentir coupable, et
ainsi éprouver le remords qui donnerait libre
essor à l'affection qu'il avait pour elle, à sa vulné-
rabilité, à son propre besoin d'être aimé. Mme Singleton était accoutumée à ce processus, à la
tendresse qui était celle de blessures successivement ouvertes et réouvertes. Et elle était accoutumée à jouer l'infirmière qui prenait soin des
cicatrisations.

For though Mr Singleton inflicted the first blow he would always make himself more guilty than he made her suffer, and Mrs Singleton, though in pain herself, could not resist wanting to clasp and cherish her husband, wanting to wrap him up safe when his own weakness and submissiveness showed and his body became liquid and soft against her; could not resist the old spur that her husband was unhappy and it was for her to make him happy. Mr Singleton was extraordinarily lovable when he was guilty. She would even have yielded indefinitely, foregoing her own grievance, to this extreme of comforting him for the pain he caused her, had she not discovered, in time, that this only pushed the process a stage further. Her forgiveness of him became only another level of comfort, of softness he must reject. His flesh shrank from her restoring touch.

She thought : Men go round in circles, women don't move.

She kept to her side of the hotel bed, he, with his face turned, to his. He lay like a person washed up on a beach. She reached out her hand and stroked the nape of his neck. She felt him tense. All this was a pattern.

"I'm sorry," he said, "I didn't mean —"

"It's all right, it doesn't matter."

"Doesn't it matter?" he said.

Car bien que M. Singleton fût celui qui infligeait le premier coup, son sentiment de culpabilité finissait toujours par être plus grand que la souffrance qu'il causait, et Mme Singleton, quoique vraiment peinée, ne pouvait résister au désir d'étreindre et de chérir son mari, de l'envelopper de sa protection, lorsque la faiblesse de celui-ci et sa soumission se manifestaient et que son corps se faisait liquide et doux contre elle ; elle ne pouvait résister à l'aiguillon de cette conviction que son mari était malheureux et que c'était à elle qu'il incombait de le rendre heureux. M. Singleton était extraordinairement aimable lorsqu'il se sentait coupable. Elle se serait même laissé aller, indéfiniment, renonçant à ses propres griefs, jusqu'à cette extrémité de le consoler de la peine qu'il lui avait causée, si elle ne s'était rendu compte, avec le temps, que cela ne faisait qu'aggraver le processus. Son pardon ne devenait pour lui qu'un autre degré de réconfort, de douceur qu'il lui fallait rejeter. Sa chair se dérobait à son contact réparateur.

Les hommes tournent en rond, les femmes ne bougent pas, pensa-t-elle.

Elle restait de son côté du lit de l'hôtel, et lui du sien, le visage tourné. Il était étendu comme une personne rejetée par la mer sur une plage. Elle tendit la main et lui caressa la nuque. Elle le sentit tendu. Tout cela était écrit d'avance.

« Je suis désolé, dit-il, je ne voulais pas...

— Ça va, ça ne fait rien.

— Vraiment, ça ne fait rien ? » dit-il.

When they reached this point they were like
miners racing each other for deeper and deeper
seams of guilt and recrimination.

But Mrs Singleton had given up delving to rock
bottom. Perhaps it was five years ago when she
had thought for the third time of leaving her husband, perhaps long before that. When they were
students she'd made allowances for his constraints,
his reluctances. An unhappy childhood perhaps, a
strict upbringing. She thought his inhibition might
be lifted by the sanction of marriage. She'd thought,
after all, it would be a good thing if he married her.
She had not thought what would be good for her.
They stood outside Gatwick Airport, back from
Greece, in the grey, wet August light. Their tanned
skin had seemed to glow. Yet she'd known this
mood of promise would pass. She watched him
kick against contentment, against ease, against the
long, glittering life-line she threw to him; and,
after a while, she ceased to try to haul him in. She
began to imagine again her phantom artists. She
thought: People slip off the shores of the real
world, back into dreams. She hadn't "gone soft,"
only gone back to herself. Hidden inside her like
treasure there were lines of Leopardi, of Verlaine
her husband would never appreciate. She thought,
he doesn't need me, things run off him, like water.

Lorsqu'ils en arrivaient là, ils étaient comme des mineurs rivalisant pour découvrir des gisements de plus en plus profonds de culpabilité et de récriminations.

Mais Mme Singleton avait renoncé à plonger jusqu'aux tréfonds. Peut-être était-ce il y a cinq ans, lorsqu'elle avait songé pour la troisième fois à quitter son mari, peut-être était-ce bien avant cela. Lorsqu'ils étaient étudiants, elle avait fait preuve de compréhension envers son embarras, ses réticences. Une enfance malheureuse peut-être, une éducation stricte. Elle pensait que la sanction du mariage lèverait ses inhibitions. Elle avait pensé que, tout compte fait, ce serait une bonne chose pour lui de l'épouser. Elle n'avait pas pensé à ce qui serait bon pour elle. Ils étaient devant Gatewick Airport, de retour de Grèce, dans la lumière grise et mouillée du mois d'août. Leur peau hâlée avait semblé s'embraser. Pourtant elle avait su que cette disposition prometteuse passerait. Elle le regarda ruer contre le contentement, contre l'aisance, contre la longue ligne de sauvetage scintillante qu'elle lui lançait ; et au bout d'un moment, elle cessa d'essayer de le hisser à bord. Elle se mit à rêver de nouveau de ses artistes fantômes. Les gens, pensait-elle, se laissent glisser loin des rivages du monde réel, ils replongent dans leurs rêves. Elle ne s'était pas « ramollie », elle était revenue à elle-même. Enfouis en elle comme un trésor, il y avait des vers de Leopardi, de Verlaine que son mari n'apprécierait jamais. Il n'a pas besoin de moi, pensait-elle, les choses glissent sur lui comme de l'eau.

She even thought that her husband's neglect in making love to her was not a problem he had but a deliberate scheme to deny her. When Mrs Singleton desired her husband she could not help herself. She would stretch back on the bed with the sheets pulled off like a blissful nude in a Modigliani. She thought this ought to gladden a man. Mr Singleton would stand at the foot of the bed and gaze down at her. He looked like some strong, chaste knight in the legend of the Grail. He would respond to her invitation, but before he did so there would be this expression, half stern, half innocent, in his eyes. It was the sort of expression that good men in books and films are supposed to make to prostitutes. It would ensure that their love-making was marred and that afterward it would seem as if he had performed something out of duty that only she wanted. Her body would feel like stone. It was at such times, when she felt the cold, dead-weight feel of abused happiness, that Mrs Singleton most thought she was through with Mr Singleton. She would watch his strong, compact torso already lifting itself off the bed. She would think : He thinks he is tough, contained in himself, but he won't see what I offer him, he doesn't see how it is I who can help him.

Elle pensait même que le peu d'empressement que son mari mettait à faire l'amour avec elle ne venait pas d'une difficulté de sa part, mais d'une intention délibérée de la nier, elle. Lorsque Mme Singleton désirait son mari, elle ne pouvait se retenir. Elle s'étendait sur le lit, les draps rejetés, comme un nu bienheureux dans un Modigliani. Cela devait mettre un homme en joie, croyait-elle. M. Singleton se tenait debout au pied du lit et la toisait du regard. Il ressemblait à un chevalier chaste et vigoureux de la légende du Graal. Il répondait à son invitation mais, avant de le faire, il y avait cette expression, mi-austère, mi-innocente, dans ses yeux. C'était le genre d'expression que les hommes de bien dans les livres et les films sont censés avoir à l'égard des prostituées. Elle était le gage que leurs ébats seraient gâchés et qu'il semblerait après coup avoir accompli par devoir une chose qu'elle seule désirait. Son corps à elle serait comme de pierre. C'était à de tels instants, lorsqu'elle éprouvait la sensation glacée, lourde comme un poids mort, qui est celle du bonheur maltraité, que Mme Singleton pensait surtout à mettre un terme à son union avec M. Singleton. Elle regardait son torse puissant, trapu, se soulever déjà du lit. Il se croit fort, pensait-elle, indépendant, mais il ne verra jamais ce que je lui offre, il ne voit pas comment c'est moi qui peux l'aider.

Mrs Singleton lay back on her striped towel on the sand. Once again she became part of the beach. The careless sounds of the seaside, of excited children's voices, of languid grownups', of wooden bats on balls, fluttered over her as she shut her eyes. She thought : It is the sort of day on which someone suddenly shouts, "Someone is drowning."

When Mrs Singleton became pregnant she felt she had out-manoeuvred her husband. He did not really want a child (it was the last thing he wanted, Mrs Singleton thought, a child), but he was jealous of her condition, as of some achievement he himself could attain. He was excluded from the little circle of herself and her womb, and, as though to puncture it, he began for the first time to make love to her of a kind where he took the insistent initiative. Mrs Singleton was not greatly pleased. She seemed buoyed up by her own bigness. She noticed that her husband began to do exercises in the morning, in his underpants, press-ups, squat-jumps, as if he were getting in training for something. He was like a boy. He even became, as the term of her pregnancy drew near its end, resilient and detached again, the virile father waiting to receive the son (Mr Singleton knew it would be a son, so did Mrs Singleton) that she, at the appointed time, would deliver him.

Mme Singleton se recoucha sur sa serviette à rayures sur le sable. Une fois de plus elle se sentit faire partie de la plage. Les bruits insouciants des bords de mer, des voix d'enfants excités, des grandes personnes languissantes, des battes de bois frappant des balles, voletaient au-dessus d'elle tandis qu'elle fermait les yeux. Elle pensa que c'était le genre de journée où quelqu'un se met soudain à crier : « Il y a quelqu'un qui est en train de se noyer. »

Lorsque Mme Singleton tomba enceinte, elle éprouva le sentiment d'avoir berné son mari. Il ne voulait pas réellement d'enfant (un enfant, voilà bien la dernière chose qu'il désirait, pensait Mme Singleton), mais il était jaloux de son état, comme d'une réussite à laquelle lui-même ne pouvait atteindre. Il était exclu du petit cercle d'elle-même et de son ventre, et, comme pour le perforer, il se mit pour la première fois à lui faire l'amour en prenant de façon insistante l'initiative. Mme Singleton n'y trouvait pas grand plaisir. C'était comme si sa propre grosseur la faisait flotter. Elle remarqua que son mari se mettait à faire de la gymnastique le matin, en caleçon, pompes, assouplissements, comme s'il commençait un entraînement. On aurait dit un petit garçon. Il redevint même, alors que le terme de sa grossesse approchait, le père viril, plein de ressort et de nouveau indifférent, attendant de recevoir le fils (M. Singleton était sûr que ce serait un fils, Mme Singleton aussi) qu'en temps et en heure elle lui donnerait.

When the moment arrived he insisted on being present so as to prove he wasn't squeamish and to make sure he wouldn't be tricked in the transaction. Mrs Singleton was not daunted. When the pains became frequent she wasn't at all afraid. There were big, watery lights clawing down from the ceiling of the delivery room like the lights in dentists' surgeries. She could just see her husband looking down at her. His face was white and clammy. It was his fault for wanting to be there. She had to push, as though away from him. Then she knew it was happening. She stretched back. She was a great surface of warm, splitting rock and Paul was struggling bravely up into the sunlight. She had to coax him with her cries. She felt him emerge like a trapped survivor. The doctor groped with rubber gloves. "There we are," he said. She managed to look at Mr Singleton. She wanted suddenly to put him back inside for good where Paul had come from. With a fleeting pity she saw that this was what Mr Singleton wanted too. His eyes were half closed. She kept hers on him. He seemed to wilt under her gaze. All his toughness and control were draining from him and she was glad. She lay back triumphant and glad. The doctor was holding Paul; but she looked, beyond, at Mr Singleton. He was far away like an insect. She knew he couldn't hold out. He was going to faint. He was looking where her legs were spread.

Le moment venu, il insista pour être présent, de façon à prouver qu'il n'était pas prude et à s'assurer de ne pas se faire avoir dans la transaction. Mme Singleton n'était pas intimidée. Lorsque la fréquence des douleurs augmenta, elle n'eut pas du tout peur. Il y avait, accrochées au plafond de la salle de travail, de grosses lampes qui répandaient à flots la lumière comme dans les cabinets de chirurgie dentaire. Elle pouvait tout juste voir son mari qui la regardait. Il avait le visage blanc et moite. C'était de sa faute s'il avait voulu être là. Elle devait pousser comme pour s'éloigner de lui. Alors elle sut que c'était le moment. Elle s'étira en arrière. Elle était une grande surface de chaleur, un roc qui se fend, et Paul luttait bravement vers la lumière. Il lui fallait l'encourager de ses cris. Elle le sentit émerger comme un survivant pris au piège. Le docteur tâtonna avec des gants en caoutchouc. « Nous y voilà », dit-il. Elle s'arrangea pour regarder M. Singleton. Le désir la gagna soudain de le faire rentrer une fois pour toutes en elle, là d'où Paul était venu. Dans un éclair de pitié, elle vit que c'était aussi ce que désirait M. Singleton. Ses yeux étaient mi-clos. Elle garda les siens fixés sur lui. Il semblait se décomposer sous son regard. Toute sa dureté et sa maîtrise de soi se trouvaient comme drainées hors de lui et elle était ravie. Elle reposait, triomphante et ravie. Le docteur tenait Paul ; mais elle regardait, au-delà, M. Singleton. Il était loin comme un insecte. Elle savait qu'il n'était pas capable de tenir le coup. Il allait défaillir. Son regard était fixé sur l'endroit où ses jambes étaient écartées.

His eyes went out of focus. He was going to faint, keel over, right there on the spot.

Mrs Singleton grew restless, though she lay unmoving on the beach. Wasps were buzzing close to her head, round their picnic bag. She thought that Mr Singleton and Paul had been too long at their swimming lesson. They should come out. It never struck her, hot as she was, to get up and join her husband and son in the sea. Whenever Mrs Singleton wanted a swim she would wait until there was an opportunity to go in by herself; then she would wade out, dip her shoulders under suddenly and paddle about contentedly, keeping her hair dry, as though she were soaking herself in a large bath. They did not bathe as a family; nor did Mrs Singleton swim with Mr Singleton — who now and then, too, would get up by himself and enter the sea, swim at once about fifty yards out, then cruise for long stretches, with a powerful crawl or butterfly, back and forth across the bay. When this happened Mrs Singleton would engage her son in talk so he would not watch his father. Mrs Singleton did not swim with Paul either. He was too old now to cradle between her knees in the very shallow water, and she was somehow afraid that while Paul splashed and kicked around her he would suddenly learn how to swim. She had this feeling that Paul would only swim while she was in the sea, too.

Ses yeux se brouillaient. Il allait défaillir, chavirer, juste là, sur place.

Mme Singleton fut gagnée par l'inquiétude, bien qu'elle demeurât immobile sur la plage. Les guêpes bourdonnaient autour de leur panier à pique-nique, à proximité de sa tête. Elle pensait que M. Singleton et Paul étaient restés trop longtemps dans l'eau. Ils devaient sortir. À aucun moment l'idée ne l'effleura, malgré la chaleur, de se lever et d'aller rejoindre dans la mer son mari et son fils. Lorsqu'il arrivait à Mme Singleton d'avoir envie de nager, elle attendait une occasion d'y aller seule ; alors elle allait patauger, se plonger soudain jusqu'aux épaules et barboter avec plaisir, sans se mouiller les cheveux, comme si elle se mettait elle-même à tremper dans une grande baignoire. Jamais ils ne se baignaient en famille ; et Mme Singleton n'allait pas non plus nager en compagnie de M. Singleton — qui, de temps à autre également, se levait tout seul et pénétrait dans la mer, nageait sur-le-champ une cinquantaine de mètres, puis croisait longuement, dans un crawl ou une brasse papillon puissants, en travers de la baie. Lorsque cela se produisait, Mme Singleton engageait son fils dans une conversation afin qu'il ne regarde pas son père. Mme Singleton n'allait pas non plus nager en compagnie de son fils. Il était trop grand à présent pour barboter entre ses genoux dans l'eau très peu profonde, et elle craignait d'une certaine manière qu'à force de se débattre et de patauger autour d'elle il apprît soudain à nager. Elle avait l'impression que Paul ne nagerait que lorsqu'elle serait, elle aussi, dans la mer.

She did not want this to happen, but it reassured her and gave her sufficient confidence to let Mr Singleton continue his swimming lessons with Paul. These lessons were obsessive, indefatigable. Every Sunday morning at seven, when they were at home, Mr Singleton would take Paul to the baths for yet another attempt. Part of this, of course, was that Mr Singleton was determined that his son should swim; but it enabled him also to avoid the Sunday morning languor : extra hours in bed, leisurely love-making.

Once, in a room at college, Mr Singleton had told Mrs Singleton about his swimming, about his training sessions, races; about what it felt like when you could swim really well. She had run her fingers over his long, naked back.

Mrs Singleton sat up and rubbed sun-tan lotion on to her thighs. Down near the water's edge, Mr Singleton was standing about waist deep, supporting Paul who, gripped by his father's hands, water-wings still on, was flailing, face down, at the surface. Mr Singleton kept saying, "No, keep still." He was trying to get Paul to hold his body straight and relaxed so he would float. But each time as Paul nearly succeeded he would panic, fearing his father would let go, and thrash wildly. When he calmed down and Mr Singleton held him, Mrs Singleton could see the water running off his face like tears.

Elle ne le voulait pas, mais cela la rassurait et lui procurait une confiance suffisante pour laisser M. Singleton continuer à dispenser ses leçons de natation à Paul. Ces leçons étaient une véritable obsession, il ne s'en lassait jamais. Tous les dimanches matin à sept heures, lorsqu'ils étaient chez eux, M. Singleton emmenait Paul à la piscine pour une nouvelle tentative. Il y avait, bien sûr, pour une part, la détermination de M. Singleton à faire en sorte que son fils sût nager ; mais cela lui permettait aussi de fuir la langueur du dimanche matin : les heures supplémentaires au lit, à faire l'amour à loisir.

Une fois, à l'université, dans une salle de cours, M. Singleton avait parlé à Mme Singleton de sa natation, de ses séances d'entraînement, des courses ; de ce que l'on ressentait lorsqu'on savait vraiment bien nager. Elle avait fait courir ses doigts le long de son grand dos nu.

Mme Singleton se rassit et s'enduisit les cuisses de lotion solaire. En contrebas, près du bord, M. Singleton se tenait debout dans l'eau jusqu'à la taille environ, soutenant Paul qui, arrimé par les mains de son père, les flotteurs toujours en place, moulinait des jambes, le visage dans l'eau, à la surface. M. Singleton ne cessait de répéter : « Non, reste sans bouger. » Il essayait d'amener Paul à garder son corps droit et détendu de façon à flotter. Mais chaque fois qu'il était sur le point de réussir, Paul paniquait, redoutant que son père ne le lâchât, et il se débattait frénétiquement. Lorsqu'il se calma et que M. Singleton l'immobilisa, Mme Singleton vit l'eau qui ruisselait de son visage comme des larmes.

Mrs Singleton did not alarm herself at this distress of her son. It was a guarantee against Mr Singleton's influence, an assurance that Paul was not going to swim; nor was he to be imbued with any of his father's sullen hardiness. When Mrs Singleton saw her son suffer, it pleased her and she felt loving towards him. She felt that an invisible thread ran between her and the boy which commanded him not to swim, and she felt that Mr Singleton knew that it was because of her that his efforts with Paul were in vain. Even now, as Mr Singleton prepared for another attempt, the boy was looking at her smoothing the sun-tan oil on to her legs.

"Come on, Paul," said Mr Singleton. His wet shoulders shone like metal.

When Paul was born it seemed to Mrs Singleton that her life with her husband was dissolved, as a mirage dissolves, and that she could return again to what she was before she knew him. She let her staved-off hunger for happiness and her old suppressed dreams revive. But then they were not dreams, because they had a physical object and she knew she needed them in order to live. She did not disguise from herself what she needed. She knew that she wanted the kind of close, even erotic relationship with her son that women who have rejected their husbands have been known to have. The kind of relationship in which the son must hurt the mother, the mother the son. But she willed it, as if there would be no pain.

Mme Singleton ne s'alarma pas de cette détresse de son fils. C'était une garantie contre l'influence de M. Singleton, l'assurance que Paul ne nagerait pas ; et qu'il ne s'imprégnerait en aucune façon de la vigueur lugubre de son père.

Lorsque Mme Singleton voyait son fils souffrir, cela lui faisait plaisir et elle se sentait pleine d'amour pour lui. Elle avait le sentiment qu'un fil invisible courait entre elle et le jeune garçon, lui enjoignant de ne pas nager, et aussi que M. Singleton savait que c'était à cause d'elle que ses efforts avec Paul étaient vains. Même à présent, alors que M. Singleton se préparait à une autre tentative, l'enfant la regardait appliquer doucement l'huile solaire sur ses jambes.

«Allons, Paul», dit M. Singleton. Ses épaules mouillées étincelaient comme du métal.

Lorsque Paul naquit, Mme Singleton eut l'impression que sa vie avec son mari se dissolvait, comme un mirage se dissout, et qu'elle pouvait retourner à ce qu'elle était avant de l'avoir connu. Elle laissa se ranimer son appétit non rassasié de bonheur et ses rêves refoulés de jadis. Mais désormais ce n'étaient pas des rêves, parce qu'ils avaient un objet physique, et elle savait qu'elle en avait un besoin vital. Elle ne se masquait pas ce dont elle avait besoin. Elle savait qu'elle désirait ce genre de relation étroite, érotique même, avec son fils qu'ont, c'est bien connu, les femmes qui ont rejeté leurs maris. Ce genre de relation où le fils doit blesser la mère, et la mère le fils. Mais c'était ce qu'elle voulait, comme s'il ne pouvait y avoir de souffrance.

Mrs Singleton waited for her son to grow. She trembled when she thought of him at eighteen or twenty. When he was grown he would be slim and light and slender, like a boy even though he was a man. He would not need a strong body because all his power would be inside. He would be all fire and life in essence. He would become an artist, a sculptor. She would pose for him naked (she would keep her body trim for this), and he would sculpt her. He would hold the chisel. His hands would guide the cold metal over the stone and its blows would strike sunlight.

Mrs Singleton thought : All the best statues they had seen in Greece seemed to have been dredged up from the sea.

She finished rubbing the lotion on to her insteps and put the cap back on the tube. As she did so she heard something that made her truly alarmed. It was Mr Singleton saying, "That's it, that's the way! At last! Now keep it going!" She looked up. Paul was in the same position as before but he had learnt to make slower, regular motions with his limbs and his body no longer sagged in the middle. Though he still wore the water-wings he was moving, somewhat laboriously, forwards so that Mr Singleton had to walk along with him; and at one point Mr Singleton removed one of his hands from under the boy's ribs and simultaneously looked at his wife and smiled. His shoulders flashed. It was not a smile meant for her. She could see that.

Mme Singleton attendait que son fils grandisse. Elle tremblait en pensant à lui à l'âge de dix-huit ou vingt ans. Lorsqu'il serait grand, il serait mince, léger et svelte, comme un petit garçon, même s'il était un homme. Il n'aurait pas besoin d'un corps robuste car toute sa puissance serait au-dedans. Il serait par essence tout feu tout flamme. Il deviendrait un artiste, un sculpteur. Elle poserait nue pour lui (elle veillerait à cette fin au maintien de son corps en parfait état), et il la sculpterait. Il tiendrait le ciseau. Ses mains guideraient le métal froid à la surface de la pierre et ses coups feraient jaillir la lumière.

Toutes les belles statues qu'ils avaient vues en Grèce semblaient avoir été draguées du fond de la mer, pensa Mme Singleton.

Elle finit d'appliquer la lotion sur la cambrure de ses pieds et revissa le bouchon sur le tube. En le faisant elle entendit quelque chose qui la mit vraiment en alerte. C'était M. Singleton qui disait : « C'est ça, c'est bien comme ça ! Enfin ! Allez, continue comme ça ! » Elle leva les yeux. Paul était dans la même position qu'auparavant mais il avait appris à mouvoir ses membres à un rythme plus lent, plus régulier, et son corps ne fléchissait plus au milieu. Bien qu'il portât toujours les brassières, il avançait, d'une façon un peu laborieuse, si bien que M. Singleton devait marcher à ses côtés ; et à un moment M. Singleton ôta l'une de ses mains de sous les côtes du garçon et regarda simultanément sa femme en souriant. Ses épaules scintillaient. Ce n'était pas un sourire qui lui était destiné. Elle pouvait le voir.

And it was not one of her husband's usual, infrequent, rather mechanical smiles. It was the smile a person makes about some joy inside, hidden and incommunicable.

"That's enough," thought Mrs Singleton, getting to her feet, pretending not to have noticed, behind her sun-glasses, what had happened in the water. It *was* enough : They had been in the water for what seemed like an hour. He was only doing it because of their row last night, to make her feel he was not outmatched by using the reserve weapon of Paul. And, she added with relief to herself, Paul still had the water-wings and one hand to support him.

"That's enough now!" she shouted aloud, as if she were slightly, but not ill-humouredly, peeved at being neglected. "Come on in now!" She had picked up her purse as a quickly conceived ruse as she got up, and as she walked towards the water's edge she waved it above her head. "Who wants an ice-cream?"

Mr Singleton ignored his wife. "Well done, Paul," he said. "Let's try that again."

Mrs Singleton knew he would do this. She stood on the little ridge of sand just above where the beach, becoming fine shingle, shelved into the sea. She replaced a loose strap of her bikini over her shoulder and with a finger of each hand pulled the bottom half down over her buttocks. She stood feet apart, slightly on her toes, like a gymnast.

Et ce n'était pas l'un des sourires habituels, peu fréquents et plutôt mécaniques, de son mari. C'était le sourire que provoque chez quelqu'un une joie intérieure, cachée et incommunicable.

« Ça suffit », pensa Mme Singleton en se dressant, et en feignant de ne pas avoir remarqué, derrière ses lunettes de soleil, ce qui s'était passé dans l'eau. Cela *suffisait* : cela faisait, semblait-il, une bonne heure qu'ils étaient dans l'eau. Il n'agissait ainsi qu'à cause de leur dispute de la nuit précédente, pour lui faire sentir qu'il n'avait pas perdu la partie en se servant de l'arme en réserve qu'était Paul. Et puis, avec soulagement, elle ajouta : Paul avait encore les brassières et une main pour le soutenir.

« Ça suffit maintenant ! » cria-t-elle à pleins poumons, comme si elle était un peu fâchée, mais sans acrimonie, d'être négligée. « Revenez à présent ! » Elle avait, ruse ourdie à la va-vite au moment où elle se levait, ramassé son porte-monnaie, et, en s'avançant vers le rivage, elle l'agita au-dessus de sa tête. « Qui veut une glace ? »

M. Singleton ignora sa femme. « Bravo, Paul, dit-il. Essayons de nouveau. »

Mme Singleton savait qu'il agirait ainsi. Elle se tenait sur la petite crête de sable juste au-dessus de l'endroit où la plage laissait place à de jolis petits galets et déclinait dans la mer. Elle replaça une bretelle de son bikini sur son épaule et d'un doigt de chaque main retendit le bas pour couvrir ses fesses. Elle demeura les pieds écartés, légèrement sur la pointe, comme une gymnaste.

She knew other eyes on the beach would be on her. It flattered her that she — and her husband, too — received admiring glances from those around. She thought, with relish for the irony: Perhaps they think we are happy, beautiful people. For all her girlhood diffidence, Mrs Singleton enjoyed displaying her attractions and she liked to see other people's pleasure. When she lay sunbathing she imagined making love to all the moody, pubescent boys on holiday with their parents, with their slim waists and their quick heels.

"See if you can do it without me holding you," said Mr Singleton. "I'll help you at first." He stooped over Paul. He looked like a mechanic making final adjustments to some prototype machine.

"Don't you want an ice-cream then, Paul?" said Mrs Singleton. "They've got those chocolate ones."

Paul looked up. His short wet hair stood up in spikes. He looked like a prisoner offered a chance of escape, but the plastic water-wings, like some absurd pillory, kept him fixed.

Mrs Singleton thought: He crawled out of me; now I have to lure him back with ice-cream.

"Can't you see he was getting the hang of it?" Mr Singleton said. "If he comes out now he'll —"

"Hang of it! It was you. You were holding him all the time."

Elle savait que d'autres regards sur la plage étaient fixés sur elle. Cela la flattait qu'elle — et son mari aussi — fussent l'objet des regards admiratifs de ceux qui les entouraient. Elle pensait, en savourant l'ironie : peut-être croient-ils que nous sommes des gens beaux et heureux. Malgré un manque de confiance en soi comme en éprouvent les adolescents, Mme Singleton adorait faire étalage de ses charmes, et elle aimait voir le plaisir des autres. Lorsque, allongée, elle prenait son bain de soleil, elle s'imaginait en train de faire l'amour avec tous les garçons travaillés par la puberté, avec leurs tailles minces et leurs pieds agiles, qui passaient des vacances en compagnie de leurs parents.

« Regarde si tu peux le faire sans que je te tienne, dit M. Singleton. Je t'aiderai pour commencer. » Il se pencha sur Paul. On aurait dit un mécanicien en train d'apporter les derniers réglages à un prototype.

« Alors, est-ce que tu veux une glace, Paul ? dit Mme Singleton. Il y a celles au chocolat, tu sais. »

Paul leva les yeux. Ses cheveux courts et trempés étaient dressés en épis. On aurait dit un prisonnier auquel s'offrait une chance d'évasion, mais les brassières de plastique le retenaient immobile, comme un absurde pilori.

Il m'a échappé, pensa Mme Singleton ; voilà qu'il me faut le réappâter avec des glaces.

« Ne vois-tu donc pas qu'il était en train d'attraper le truc ? dit M. Singleton. S'il sort maintenant il va…

— Attraper le truc ! C'était toi. Tu le tenais tout le temps. »

She thought : Perhaps I am hurting my son.

Mr Singleton glared at Mrs Singleton. He gripped Paul's shoulders. "You don't want to get out now, do you Paul?" He looked suddenly as if he really might drown Paul rather than let him come out.

Mrs Singleton's heart raced. She wasn't good at rescues, at resuscitations. She knew this because of her life with her husband.

"Come on, you can go back in later," she said.

Paul was a hostage. She was playing for time, not wanting to harm the innocent.

She stood on the sand like a marooned woman watching for ships. The sea, in the sheltered bay, was almost flat calm. A few, glassy waves idled in but were smoothed out before they could break. On the headlands there were outcrops of scaly rocks like basking lizards. The island in Greece had been where Theseus left Ariadne. Out over the blue water, beyond the heads of bobbing swimmers, seagulls flapped like scraps of paper.

Peut-être suis-je en train de blesser mon fils, pensa-t-elle.

M. Singleton lui lança un regard furieux. Il empoigna les épaules de Paul. «Tu ne veux pas sortir maintenant, n'est-ce pas, Paul?» On aurait dit soudain qu'il était vraiment capable de noyer Paul plutôt que de le laisser sortir.

Le cœur de Mme Singleton s'emballa. Elle n'était pas faite pour les sauvetages, les réanimations. Elle le savait à cause de son existence avec son mari.

«Viens, tu pourras y retourner plus tard», dit-elle.

Paul était un otage. Elle gagnait du temps, elle ne voulait pas faire de mal à un innocent.

Elle demeurait sur le sable comme une femme abandonnée sur une île qui guette les bateaux. La mer, dans la baie abritée, était d'un calme presque plat. Quelques rares vagues transparentes entraient paresseusement mais s'aplanissaient en douceur avant d'avoir pu se briser. Sur les promontoires il y avait des affleurements de rochers squameux comme des lézards en train de se chauffer au soleil. L'île de leur voyage en Grèce était celle où Thésée avait abandonné Ariane. Au large, au-dessus de l'eau bleue, au-delà des têtes des baigneurs qui dansaient comme des bouchons, des mouettes battaient des ailes comme des bouts de papier.

Mr Singleton looked at Mrs Singleton. She was a fussy mother daubed with Ambre Solaire, trying to bribe her son with silly ice-creams; though if you forgot this she was a beautiful, tanned girl, like the girls men imagine on desert islands. But then, in Mr Singleton's dreams, there was no one else on the untouched shore he ceaselessly swam to.

He thought, If Paul could swim, then I could leave her.

Mrs Singleton looked at her husband. She felt afraid. The water's edge was like a dividing line between them which marked off the territory in which each existed. Perhaps they could never cross over.

"Well, I'm getting the ice-creams: you'd better get out."

She turned and paced up the sand. Behind the beach was an ice-cream van painted like a fair-ground.

Paul Singleton looked at his mother. He thought: She is deserting me — or I am deserting her. He wanted to get out to follow her. Her feet made puffs of sand which stuck to her ankles, and you could see all her body as she strode up the beach. But he was afraid of his father and his gripping hands. And he was afraid of his mother, too. How she would wrap him, if he came out, in the big yellow towel like egg yolk, how she would want him to get close to her smooth, sticky body, like a mouth that would swallow him.

M. Singleton regarda Mme Singleton. C'était une mère abusive, barbouillée d'Ambre Solaire, qui essayait de corrompre son fils au moyen de glaces imbéciles ; mais, à part cela, c'était une belle fille bronzée, comme celles que les hommes imaginent sur des îles désertes. À ce moment-là pourtant, dans les rêves de M. Singleton, il n'y avait personne d'autre sur le rivage intact vers lequel il ne cessait de nager.

Si Paul réussissait à nager, alors je réussirais à la quitter, pensa-t-il.

Mme Singleton regarda son mari. Elle se sentit effrayée. Le bord de l'eau formait entre eux comme une ligne de démarcation qui délimitait le territoire dans lequel chacun existait. Peut-être ne parviendraient-ils jamais à la franchir.

« Bon, je vais chercher les glaces : vous feriez mieux de sortir. »

Elle se retourna et remonta la pente de sable. Derrière la plage il y avait un camion de glacier peint comme un champ de foire.

Paul Singleton regarda sa mère. Elle m'abandonne, pensa-t-il — ou bien c'est moi qui l'abandonne. Il voulait sortir pour la suivre. Tandis qu'elle gravissait la plage, ses pieds faisaient s'envoler le sable qui lui collait aux chevilles, et l'on voyait son corps tout entier. Mais Paul avait peur de son père et de ses mains semblables à des étaux. Et il avait peur de sa mère aussi. De la façon dont, s'il sortait, elle l'envelopperait dans la grande serviette couleur jaune d'œuf, dont elle voudrait qu'il s'approche de son corps doux et poisseux, comme une bouche prête à l'avaler.

He thought : The yellow towel humiliated him, his father's hands humiliated him. The water-wings humiliated him : You put them on and became a puppet. So much of life is humiliation. It was how you won love. His father was taking off the water-wings like a man unlocking a chastity belt. He said : "Now try the same, coming towards me." His father stood some feet away from him. He was a huge, straight man, like the pier of a bridge. "Try." Paul Singleton was six. He was terrified of water. Every time he entered it he had to fight down fear. His father never realized this. He thought it was simple; you said : "Only water, no need to be afraid." His father did not know what fear was; the same as he did not know what fun was. Paul Singleton hated water. He hated it in his mouth and in his eyes. He hated the chlorine smell of the swimming baths, the wet, slippery tiles, the echoing whoops and screams. He hated it when his father read to him from *The Water Babies*. It was the only story his father read, because, since he didn't know fear or fun, he was really sentimental. His mother read lots of stories. "Come on then. I'll catch you." Paul Singleton held out his arms and raised one leg. This was the worst moment. Perhaps having no help was most humiliating. If you did not swim you sank like a statue. They would drag him out, his skin streaming.

Il pensa : la serviette jaune l'humiliait, les mains de son père l'humiliaient. Les brassières l'humiliaient : vous les passiez et vous deveniez une poupée. La vie est tellement faite d'humiliations. C'était ainsi qu'on gagnait l'amour. Son père était en train d'ôter les brassières comme un homme qui déverrouille une ceinture de chasteté. «Maintenant essaie de la même façon, en venant vers moi», dit-il. Son père se tenait debout à quelques pas de lui. C'était un homme immense et droit comme une pile de pont. «Essaie.» Paul Singleton avait six ans. L'eau le terrifiait. Chaque fois qu'il y entrait, il lui fallait combattre la peur. Son père n'avait jamais compris cela. Il pensait que c'était simple ; il vous suffisait de dire : «Ce n'est que de l'eau, pas besoin d'avoir peur.» Son père ignorait ce qu'était la peur ; de la même façon qu'il ignorait ce que c'était que de s'amuser. Paul Singleton haïssait l'eau. Il la haïssait dans sa bouche et dans ses yeux. Il haïssait l'odeur de chlore des piscines, les carrelages mouillés et glissants, les «houp» et les cris répercutés en écho. Il détestait que son père lui lise des passages des *Bébés aquatiques*. C'était la seule histoire que son père lisait car, comme il ignorait la peur ou l'amusement, il était réellement sentimental. Sa mère lisait des tas d'histoires. «Vas-y donc. Je t'attraperai.» Paul Singleton tendit ses bras et leva une jambe. C'était le pire moment. Peut-être que n'avoir pas d'aide était ce qu'il y avait de plus humiliant. Si vous ne nagiez pas, vous couliez comme une statue. On le repêcherait, la peau toute ruisselante.

His father would say : "I didn't mean..." But if he swam his mother would be forsaken. She would stand on the beach with chocolate ice-cream running down her arm. There was no way out; there were all these things to be afraid of and no weapons. But then, perhaps he was not afraid of his mother nor his father, nor of water, but of something else. He had felt it just now — when he'd struck out with rhythmic, reaching strokes and his feet had come off the bottom and his father's hand has slipped from under his chest : as if he had mistaken what his fear was; as if he had been unconsciously pretending, even to himself, so as to execute some plan. He lowered his chin into the water. "Come on!" said Mr Singleton. He launched himself forward and felt the sand leave his feet and his legs wriggle like cut ropes. "There," said his father as he realized. "There!" His father stood like a man waiting to clasp a lover; there was a gleam on his face. "Towards me! Towards me!" said his father suddenly. But he kicked and struck, half in panic, half in pride, away from his father, away from the shore, away, in this strange new element that seemed all his own.

Son père dirait : «Je ne voulais pas...» Mais s'il
nageait, sa mère serait abandonnée. Elle resterait
sur la plage avec de la glace au chocolat qui lui
dégoulinerait sur le bras. Il n'y avait pas d'échap-
patoire ; il y avait toutes ces choses pour vous faire
peur et aucune arme disponible. Mais, alors,
peut-être n'avait-il peur ni de sa mère, ni de son
père, ni de l'eau, mais de quelque chose d'autre.
Il venait juste de le sentir à l'instant — lorsqu'il
s'était lancé dans de longues brasses rythmées,
que ses pieds avaient quitté le fond et que la main
de son père avait glissé de sous sa poitrine :
comme s'il s'était mépris sur ce qu'était sa peur,
comme s'il s'était joué inconsciemment la comé-
die à lui-même, de façon à exécuter un plan.
Il abaissa son menton dans l'eau. «Vas-y !» dit
M. Singleton. Il se lança en avant et sentit le sable
se dérober sous ses pieds et ses jambes se tortiller
comme des amarres rompues. «Voilà, dit son père
lorsqu'il se rendit compte. Voilà !» Il se tenait
dans l'attitude de l'homme qui attend d'étreindre
une amante ; son visage rayonnait. «Vers moi ! Vers
moi !» dit-il soudain. Mais lui, mouvant bras et
jambes, à moitié par panique, à moitié par orgueil,
s'éloignait de son père, il s'éloignait du rivage,
dans cet étrange élément nouveau qui semblait
être tout entier le sien.

Ian McEwan

In Between
the Sheets
Sous les draps

*Traduit de l'anglais
par Françoise Cartano*

That night Stephen Cooke had a wet dream, the first in many years. Afterwards he lay awake on his back, hands behind his head, while its last images receded in the darkness and his cum, strangely located across the small of his back, turned cold. He lay still till the light was bluish-grey, and then he took a bath. He lay there a long time too, staring sleepily at his bright body under water.

That preceding day he had kept an appointment with his wife in a fluorescent café with red formica table tops. It was five o'clock when he arrived and almost dark. As he expected he was there before her. The waitress was an Italian girl, nine or ten years old perhaps, her eyes heavy and dull with adult cares. Laboriously she wrote out the word "coffee" twice on her notepad, tore the page in half and carefully laid one piece on his table, face downwards.

Cette nuit-là, Stephen Cooke eut une pollution nocturne, la première depuis de longues années. Il resta ensuite éveillé, allongé sur le dos, les mains sous le crâne, pendant que les dernières images s'estompaient dans l'obscurité et que son foutre, étrangement situé au creux de ses reins, devenait froid. Il ne bougea pas jusqu'à ce que la lumière prît une nuance gris bleuté, puis il se fit couler un bain. Il passa encore un long moment dans la baignoire, tout à la contemplation ensommeillée de son corps luisant sous l'eau.

La veille, il avait honoré un rendez-vous avec sa femme dans un café éclairé au néon, avec des tables en formica rouge. À son arrivée, il était cinq heures et il faisait presque nuit. Comme il s'y attendait, il était le premier. La serveuse était une petite Italienne qui devait avoir neuf ou dix ans, et son regard éteint portait la morne pesanteur des soucis adultes. Laborieusement, elle inscrivit deux fois le mot « café » sur son carnet avant de déchirer une moitié de feuillet qu'elle posa avec soin sur la table, à l'envers.

Then she shuffled away to operate the vast and gleaming Gaggia machine. He was the café's only customer.

His wife was observing him from the pavement outside. She disliked cheap cafés and she would make sure he was there before she came in. He noticed her as he turned in his seat to take his coffee from the child. She stood behind the shoulder of his own reflected image, like a ghost, half-hidden in a doorway across the street. No doubt she believed he could not see out of a bright café into the darkness. To reassure her he moved his chair to give her a more complete view of his face. He stirred his coffee and watched the waitress who leaned against the counter in a trance, and who now drew a long silver thread from her nose. The thread snapped and settled on the end of her forefinger, a colourless pearl. She glared at it briefly and spread it across her thighs, so finely it disappeared.

When his wife came in she did not look at him first. She went straight to the counter and ordered a coffee from the girl and carried it to the table herself.

"I wish," she hissed as she unwrapped the sugar, "you wouldn't pick places like this." He smiled indulgently and downed his coffee in one. She finished hers in careful pouting sips. Then she took a small mirror and some tissues from her bag.

Puis elle s'éloigna, traînant les pieds, pour faire fonctionner l'immense percolateur Gaggia, étincelant. Il était le seul client.

Sa femme l'observait depuis le trottoir d'en face. Elle détestait les cafés sordides et voulait s'assurer de sa présence avant d'entrer. Il la remarqua au moment où il se tournait sur sa chaise pour prendre le café des mains de la fillette. Elle était juste derrière le reflet de son épaule dans la vitre, semblable à un fantôme, à demi cachée dans une entrée d'immeuble, de l'autre côté de la rue. Elle devait être persuadée que, depuis le café éclairé, il ne distinguait rien dans l'obscurité extérieure. Pour la rassurer, il recula sa chaise afin de lui offrir un angle de vue plus large sur son visage. Il remua son café et regarda la serveuse appuyée au comptoir, dans un état second, en train de tirer un long fil argenté de son nez. Le fil se rompit et s'immobilisa à l'extrémité de son index. Après un bref regard fâché à la perle incolore ainsi formée, elle frotta son doigt contre ses deux cuisses, et il ne subsista rien.

Lorsqu'elle franchit la porte, sa femme ne le regarda pas tout de suite. Elle se dirigea droit vers le comptoir pour commander un café à la gamine et l'apporter elle-même jusqu'à la table.

« J'aimerais, siffla-t-elle en déballant son morceau de sucre, que tu évites de choisir ce genre d'endroit. » Il eut un sourire indulgent et avala son café d'un coup. Elle dégusta le sien à petites gorgées mutines. Puis elle sortit un miroir et des mouchoirs en papier de son sac.

She blotted her red lips and swabbed from an
incisor a red stain. She crumpled the tissue into
her saucer and snapped her bag shut. Stephen
watched the tissue absorb the coffee slop and turn
grey. He said, "Have you got another one of those
I can have?" She gave him two.

"You're not going to cry are you?" At one such
meeting he had cried. He smiled. "I want to blow
my nose." The Italian girl sat down at a table near
theirs and spread out several sheets of paper. She
glanced across at them, and then leaned forwards
till her nose was inches from the table. She began
to fill in columns of numbers. Stephen murmured, "She's doing the accounts."

His wife whispered, "It shouldn't be allowed,
a child of that age." Finding themselves in rare
agreement, they looked away from each other's
faces.

"How's Miranda?" Stephen said at last.

"She's all right."

"I'll be over to see her this Sunday."

"If that's what you want."

"And the other thing..." Stephen kept his eyes
on the girl who dangled her legs now and day-
dreamed. Or perhaps she was listening.

"Yes?"

"The other thing is that when the holidays start
I want Miranda to come and spend a few days
with me."

"She doesn't want to."

Elle sécha ses lèvres maquillées et effaça une tache rouge sur une incisive. Elle froissa ensuite le mouchoir, le posa dans la soucoupe et referma son sac d'un coup sec. Stephen regarda le papier absorber le fond de café et devenir gris. Il dit : « Est-ce qu'il t'en reste un que tu puisses me donner ? » Elle lui en tendit deux.

« Tu ne vas pas te mettre à pleurer ? » Ce qu'il avait fait lors d'une précédente rencontre. Il sourit. « J'ai envie de me moucher. » La petite Italienne vint s'asseoir à une table proche de la leur, sur laquelle elle étala plusieurs feuilles de papier. Elle jeta un regard dans leur direction, puis se pencha en avant, le nez à quelques centimètres de la table. Elle commença à remplir des colonnes de chiffres. Stephen murmura : « Elle fait les comptes. »

Et sa femme murmura : « Ça ne devrait pas être permis, une gamine de cet âge. » Se trouvant exceptionnellement du même avis, ils évitèrent de se regarder.

« Comment va Miranda ? finit par demander Stephen.

— Elle va bien.

— Je passerai la voir dimanche prochain.

— Si c'est ce que tu veux.

— Quant à l'autre chose... » Stephen surveillait la fillette qui balançait à présent ses jambes en rêvassant. Ou en écoutant, peut-être.

« Oui ?

— L'autre chose, c'est qu'au début des vacances, je veux que Miranda vienne passer quelques jours avec moi.

— Elle n'en a pas envie.

"I'd rather hear that from her."

"She won't tell you herself. You'll make her feel guilty if you ask her." He banged the table hard with his open hand.

"Listen!" He almost shouted. The child looked up and Stephen felt her approach. "Listen," he said quietly, "I'll speak to her on Sunday and judge for myself."

"She won't come," said his wife, and snapped shut her bag once more as if their daughter lay curled up inside. They both stood up. The girl stood up too and came over to take Stephen's money, accepting a large tip without recognition. Outside the café Stephen, said, "Sunday then." But his wife was already walking away and did not hear.

That night he had the wet dream. The dream itself concerned the café, the girl and the coffee machine. It ended in sudden and intense pleasure, but for the moment the details were beyond recall. He got out of the bath hot and dizzy, on the edge, he thought, of an hallucination. Balanced on the side of the bath, he waited for it to wear off, a certain warping of the space between objects. He dressed and went outside, into the small garden of dying trees he shared with other residents in the square. It was seven o'clock. Already Drake, self-appointed custodian of the garden, was down on his knees by one of the benches.

— Je préférerais l'entendre me le dire elle-même.

— Elle ne le fera pas. Tu vas lui donner mauvaise conscience si tu lui poses la question. » Il frappa violemment la table de sa main ouverte. « Écoute ! » Il avait presque crié. La fillette se redressa et Stephen sentit sa réaction. « Écoute, dit-il calmement. Je lui parlerai dimanche et je jugerai par moi-même.

— Elle ne viendra pas », dit sa femme qui referma une nouvelle fois son sac d'un coup sec, comme si leur fille était blottie à l'intérieur. Ils se levèrent tous les deux. La fillette se déplaça pour venir encaisser l'argent de Stephen, acceptant un pourboire généreux sans manifester la moindre reconnaissance. Une fois sorti, Stephen dit : « À dimanche, donc. » Mais sa femme s'éloignait déjà et n'entendit pas.

Cette nuit-là fut celle de la pollution nocturne. Le rêve proprement dit impliquait le café, la fillette et le percolateur. Il s'acheva sur un plaisir intense et soudain dont les détails échappaient à sa mémoire. Il sortit du bain avec une sensation de chaleur et de vertige, à la limite, selon lui, de l'hallucination. En équilibre précaire au bord de la baignoire, il attendit que ça passe, cette altération de l'espace entre les objets. Il s'habilla et sortit dans le petit jardin aux arbres mourants, qu'il partageait avec les autres habitants de la place. Il était sept heures. Déjà Drake, gardien autoproclamé du lieu, était à genoux à côté d'un des bancs.

Paint-scraper in one hand, a bottle of colourless liquid in the other.

"Pigeon crap," Drake barked at Stephen. "Pigeons crap and no one can sit down. No one." Stephen stood behind the old man, his hands deep in his pockets, and watched him work at the grey and white stains. He felt comforted. Round the edge of the garden ran a narrow path worn to a trough by the daily traffic of dog walkers, writers with blocks and married couples in crisis.

Walking there now Stephen thought, as he often did, of Miranda his daughter. On Sunday she would be fourteen, today he should find her a present. Two months ago she sent him a letter. "Dear Daddy, are you looking after yourself? Can I have twenty-five pounds please to buy a record-player? With all my love, Miranda." He replied by return post and regretted it the instant the letter left his hands. "Dear Miranda, I *am* looking after myself, but not sufficiently to comply with... etc." In effect it was his wife he had addressed. At the sorting office he spoke to a sympathetic official who led him away by the elbow. You wish to retrieve a letter? This way please. They passed through a glass door and stepped out on to a small balcony.

Avec un grattoir dans une main et un flacon de liquide incolore dans l'autre.

« La merde de pigeon, lança Drake en apostrophant Stephen. Les pigeons chient partout, et personne ne peut s'asseoir. Personne. » Les mains dans les poches, Stephen resta un moment debout derrière le vieil homme qu'il regarda s'activer sur les taches gris et blanc. Il se sentait rasséréné. Tout autour du jardin courait une allée étroite creusée par la ronde quotidienne des promeneurs de chiens, des écrivains armés d'un calepin, des couples mariés en crise.

Effectuant à présent ce parcours, Stephen songeait, comme il le faisait souvent, à sa fille Miranda. Dimanche elle aurait quatorze ans, il devait lui trouver un cadeau aujourd'hui. Deux mois plus tôt, elle lui avait envoyé une lettre. « Cher papa, est-ce que tu prends bien soin de toi ? S'il te plaît, j'aurais besoin de vingt-cinq livres pour acheter un électrophone. Je t'embrasse fort, Miranda. » Il avait répondu par retour du courrier et l'avait regretté dans l'instant où l'enveloppe avait quitté sa main. « Chère Miranda, oui, je prends bien soin de moi, mais pas au point de pouvoir… etc. » En fait, il s'adressait à sa femme. Au centre de tri, il eut affaire à un employé complaisant qui le prit par le coude pour l'entraîner. Vous souhaitez récupérer une lettre ? Par ici je vous prie. Ils franchirent une porte vitrée qui leur permit d'accéder à une sorte de balcon.

The kindly official indicated with a sweep of his hand the spectacular view, two acres of men, women, machinery and moving conveyor belts. Now where would you like us to start?

Returning to his point of departure for the third time he noticed that Drake was gone. The bench was spotless and smelling of spirit. He sat down. He had sent Miranda thirty pounds, three new ten-pound notes in a registered letter. He regretted that too. The extra five so clearly spelled out his guilt. He spent two days over a letter to her, fumbling, with reference to nothing in particular, maudlin. "Dear Miranda, I heard some pop music on the radio the other day and I couldn't help wondering at the words which..." To such a letter he could conceive of no reply. But it came about ten days later. "Dear Daddy, thanks for the money. I bought a Musivox Junior the same as my friend Charmian. With all my love, Miranda. PS. It's got two speakers."

Back indoors he made coffee, took it into his study and fell into the mild trance which allowed him to work three and a half hours without a break. He reviewed a pamphlet on Victorian attitudes to menstruation, he completed another three pages of a short story he was writing, he wrote a little in his random journal. He typed, "nocturnal emission like and old man's last gasp" and crossed it out.

D'un grand geste circulaire de la main, l'employé sympathique désigna le vaste espace — des hommes, des femmes, des machines et des tapis roulants sur plusieurs centaines de mètres carrés. Par où désirez-vous commencer?

Repassant pour la troisième fois par son point de départ, il remarqua que Drake avait disparu. Le banc était immaculé et sentait l'esprit-de-sel. Il s'assit. Il avait envoyé trente livres à Miranda, trois billets neufs de dix livres, par recommandé. Ce qu'il regrettait également. Les cinq livres supplémentaires exprimaient de façon tellement criante sa culpabilité. Il passa ensuite deux jours à écrire une lettre, maladroite, sans propos précis, versant dans la sentimentalité. «Chère Miranda, j'entendais une chanson à la radio, il y a quelques jours, et malgré moi, en écoutant les paroles, je me demandais si...» Le genre de lettre à laquelle il imaginait mal une réponse. Il en arriva une pourtant, dix jours plus tard. «Cher papa, merci pour l'argent. J'ai acheté un Musivox Junior, le même que mon amie Charmian. Je t'embrasse fort, Miranda. P.-S. Il a deux haut-parleurs.»

De retour chez lui, il se fit du café qu'il emporta dans son bureau, et sombra dans l'état de transe bénigne qui lui permettait de travailler trois heures et demie de suite sans interruption. Il rédigea la critique d'un petit essai stigmatisant l'attitude victorienne face à la menstruation, ajouta trois pages à une nouvelle qu'il avait en cours, écrivit un peu dans son journal de bord. Il tapa: «pollution nocturne semblable au dernier soupir d'un vieil homme», et raya

From a drawer he took a thick ledger and entered in the credit column "Review... 1 500 words. Short story... 1 020 words. Journal... 60 words." Taking a red biro from a box marked "pens" he ruled off the day, closed the book and returned it to its drawer. He replaced the dust-cover on his typewriter, returned the telephone to its cradle, gathered up the coffee things on to a tray and carried them out, locking the study door behind him, thus terminating the morning's rite, unchanged for twenty-three years.

He moved quickly up Oxford Street gathering presents for his daughter's birthday. He bought a pair of jeans, a pair of coloured canvas running shoes suggestive of the Stars and Stripes. He bought three coloured T-shirts with funny slogans... It's Raining In my Heart, Still a Virgin, and Ohio State University. He bought a pomander and a game of dice from a woman in the street and a necklace of plastic beads. He bought a book about women heroes, a game with mirrors, a record token for £5, a silk scarf and a glass pony. The silk scarf putting him in mind of underwear, he returned to the shop determined.

The erotic, pastel hush of the lingerie floor aroused in him a sense of taboo, he longed to lie down somewhere. He hesitated at the entrance to the department then turned back. He bought a bottle of cologne on another floor and came home in a mood of gloomy excitement.

D'un tiroir il sortit un épais registre et inscrivit dans la colonne recettes : « Critique… 1 500 mots. Nouvelle… 1 020 mots. Journal… 60 mots. » Prenant un stylo-bille rouge dans une boîte marquée « crayons », il tira un trait indiquant la fin de la journée, ferma le cahier et le rangea dans son tiroir. Il remit la housse sur sa machine à écrire, reposa le téléphone sur son support, rassembla la tasse, la soucoupe et la cuiller à café sur un plateau qu'il emporta avec lui, non sans fermer à clé la porte du bureau, achevant ainsi le rituel du matin, inchangé depuis vingt-trois ans.

Il remonta rapidement Oxford Street en achetant des cadeaux pour l'anniversaire de sa fille. Un jeans et une paire de chaussures de sport en tissu dont le motif évoquait la bannière étoilée. Il prit trois T-shirts de couleur ornés de slogans amusants… Il pleut sur mon cœur, Toujours vierge, et Ohio State University. Il acheta un sachet aromatique et un jeu de dés à une femme sur le trottoir, ainsi qu'un collier de perles en plastique. Il acheta encore un livre sur les héroïnes féminines, un jeu de miroirs, un bon d'achat de disquettes de 5 livres, un foulard en soie, un petit cheval en verre. Le foulard en soie lui donnant des idées de lingerie, il fit demi-tour en direction de la boutique, résolu.

L'atmosphère pastel et érotique du rayon fit naître en lui une sensation de tabou, il avait envie de s'allonger quelque part. Il hésita devant le rayon, puis fit demi-tour. Il prit un flacon d'eau de Cologne, à un autre étage du magasin, et arriva chez lui dans un état de déprimante satisfaction.

He arranged his presents on the kitchen table and surveyed them with loathing, their sickly excess and condescension. For several minutes he stood in front of the kitchen table staring at each object in turn, trying to relive the certainty with which he had bought it. The record token he put on one side, the rest he swept into a carrier bag and threw it into the cupboard in the hallway. Then he took off his shoes and socks, lay down on his unmade bed, examined with his finger the colourless stain that had hardened on the sheet, and then slept till it was dark.

Naked from the waist Miranda Cooke lay across her bed, arms spread, face buried deep in the pillow, and the pillow buried deep under her yellow hair. From a chair by the bed a pink transistor radio played methodically through the top twenty. The late afternoon sun shone through closed curtains and cast the room in the cerulean green of a tropical aquarium. Little Charmian, Miranda's friend, plied her fingernails backwards and forwards across Miranda's pale unblemished back.

Charmian too was naked, and time seemed to stand still. Ranged along the mirror of the dressing table, their feet concealed by cosmetic jars and tubes, their hands raised in perpetual surprise, sat the discarded dolls of Miranda's childhood.

Il disposa ses cadeaux sur la table de la cuisine et contempla avec dégoût leur excès et leur complaisance malsaine. Pendant plusieurs minutes, il demeura planté devant la table de la cuisine, à observer successivement chaque objet en tentant de comprendre ce qui l'avait poussé à les acheter. Le bon d'achat de disques fut mis de côté, le reste jeté dans un grand sac en plastique et flanqué dans le placard de l'entrée. Puis il retira ses chaussures et ses chaussettes, s'allongea sur son lit défait, palpa la tache incolore qui avait durci en séchant sur le drap, et dormit jusqu'à la tombée du jour.

Nue jusqu'à la taille, Miranda Cooke était étendue en travers de son lit, les bras écartés, le visage profondément enfoui dans l'oreiller, et l'oreiller profondément enfoui sous ses cheveux jaunes. Sur une chaise à côté du lit, un transistor rose débitait consciencieusement les top-twenty du dernier hit-parade. Le soleil de fin d'après-midi filtrait à travers les rideaux tirés et baignait la pièce d'un vert azuré d'aquarium tropical. Les doigts de la petite Charmian, l'amie de Miranda, s'activaient avec dextérité sur toute la longueur du pâle dos immaculé de Miranda.

Charmian était également nue, et le temps semblait suspendu. Alignées devant le miroir de la coiffeuse, les pieds cachés par les pots et tubes de produits de beauté, les bras levés dans un geste de perpétuelle surprise, étaient assises les poupées abandonnées de l'enfance de Miranda.

Charmian's caresses slowed to nothing, her hands
came to rest in the small of her friend's back. She
stared at the wall in front of her, swaying abstract-
edly. Listening.

> *... They're all locked in the nursery,*
> *They got earphone heads, they got dirty necks,*
> *They're so twentieth century.*

"I didn't know *that* was in," she said. Miranda
twisted her head and spoke from under her hair.

"It's come back," she explained. "The Rolling
Stones used to sing it."

> *Don'cha think there's a place for you*
> *In between the sheets?*

When it was over Miranda spoke peevishly over
the dj's hysterical routine. "You've stopped. Why
have you stopped?"

"I've been doing if for ages."

"You said half an hour for my birthday. You
promised."

Charmian began again. Miranda, sighing as one
who only receives her due, sank her mouth into
the pillow. Outside the room the traffic droned
soothingly, the pitch of an ambulance siren rose
and fell, a bird began to sing, broke off, started
again, a bell rang somewhere downstairs and later
a voice called out, over and over again, another
siren passed, this time more distant...

Les caresses de Charmian s'espacèrent puis cessè-
rent tout à fait, ses mains se blottirent au creux
des reins de son amie. Elle fixait le mur en se
balançant, songeuse. Attentive.

> *... They're all locked in the nursery,*
> *They got earphone heads, they got dirty necks,*
> *They're so twentieth century.*

« Je ne savais pas que ce *machin* était un tube »,
dit-elle. Miranda se tordit la nuque pour répondre
derrière ses cheveux.

« C'est une reprise, expliqua-t-elle. Les Rolling
Stones le chantaient, avant. »

> *Don'cha think there's a place for you*
> *In between the sheets ?*

À la fin du morceau, Miranda pleurnicha par-
dessus le baratin hystérique de l'animateur. « Tu
as arrêté. Pourquoi tu as arrêté ?

— Je l'ai fait pendant une éternité.

— Tu avais dit une demi-heure pour mon anniversaire. C'était une promesse. »

Charmian reprit. Miranda poussa le soupir de
qui ne fait que recevoir son dû, et enfouit son
visage dans l'oreiller. À l'extérieur, la circulation
ronronnait tranquille, le cri d'une sirène d'ambulance hurla crescendo, puis decrescendo, un
oiseau se mit à chanter, se tut, recommença, une
sonnette résonna quelque part, au rez-de-chaus-
sée, il y eut une voix qui appelait, appelait encore,
puis une autre sirène, plus distante cette fois...

it was all so remote from the aquatic gloom where time had stopped, where Charmian gently drew her nails across her friend's back for her birthday. The voice reached them again. Miranda stirred and said, "I think that's my mum calling me. My dad must've come."

When he rang the front door bell, this house where he had lived sixteen years, Stephen assumed his daughter would answer. She usually did. But it was his wife. She had the advantage of three concrete steps and she glared down at him, waiting for him to speak. He had nothing ready for her.

"Is... is Miranda there?" he said finally. "I'm a little late," he added, and taking his chance, advanced up the steps. At the very last moment she stepped aside and opened the door wider.

"She's upstairs," she said tonelessly as Stephen tried to squeeze by without touching her. "We'll go in the big room." Stephen followed her into the comfortable, unchanging room, lined from floor to ceiling with books he had left behind. In one corner, under its canvas cover, was his grand piano. Stephen ran his hand along its curving edge. Indicating the books he said, "I must take all these off your hands."

"In your own good time," she said as she poured sherry for him. "There's no hurry." Stephen sat down at the piano and lifted the cover.

"Do either of you play it now?" She crossed the room with his glass and stood behind him.

tout cela était si loin de la tristesse aquatique où s'était figé le temps, où les ongles de Charmian parcouraient doucement le dos de son amie, pour son anniversaire. De nouveau la voix se fit entendre. Miranda réagit et dit : « Je crois que c'est ma mère qui m'appelle. Mon père doit être là. »

En sonnant à la porte de cette maison où il avait vécu seize ans, Stephen supposait que sa fille viendrait ouvrir. Ce qu'elle faisait habituellement. Mais ce fut sa femme qui répondit. Elle avait sur lui l'avantage de trois marches de ciment et le toisa, attendant ce qu'il avait à dire. Il n'avait pas de phrase prête pour elle.

« Est-ce que… est-ce que Miranda est là ? » finit-il par demander. Et d'ajouter : « Je suis un peu en retard », en prenant le risque de gravir les marches. Au dernier moment, elle s'écarta pour ouvrir la porte plus largement.

« Elle est en haut, dit-elle d'une voix sans timbre tandis que Stephen s'efforçait de passer en évitant tout contact. Allons dans la grande pièce. » Stephen la suivit dans le confortable salon, immuable, tapissé du sol au plafond des livres qu'il avait laissés après son départ. Dans un coin, sous sa housse de toile, se trouvait son piano à queue. Stephen suivit l'arrondi du doigt. Puis, montrant les livres, il dit : « Il faut que je te débarrasse de tout cela.

— Il n'y a pas urgence, répondit-elle en lui servant un verre de sherry. Quand tu voudras. » Stephen s'assit devant le piano qu'il ouvrit.

« Est-ce qu'une de vous joue encore ? » Elle traversa la pièce en tenant son verre et resta derrière lui.

"I never have the time. And Miranda isn't interested now." He spread his hands over a soft, spacious chord, sustained it with the pedal and listened to it die away.

"Still in tune then?"

"Yes." He played more chords, he began to improvise a melody, almost a melody. He could happily forget what he had come for and be left alone to play for an hour or so, his piano.

"I haven't played for over a year," he said by way of explanation. His wife was over by the door now about to call out to Miranda, and she had to snatch back her breath to say.

"Really? It sounds fine to me. Miranda," she called, "Miranda, Miranda," rising and falling on three notes, the third note higher than the first, and trailing away inquisitively. Stephen played the three-note tune back, and his wife broke off abruptly. She looked sharply in his direction. "Very clever."

"You know you have a musical voice," said Stephen without irony. She advanced farther into the room.

"Are you still intending to ask Miranda to stay with you?" Stephen closed the piano and resigned himself to hostilities.

"Have you been working on her then?" She folded her arms.

"She won't go with you. Not alone anyway."

«Je n'ai jamais le temps. Et Miranda n'a pas envie en ce moment.» Il posa les mains sur le clavier pour un vaste accord harmonieux, qu'il prolongea grâce à la pédale et écouta mourir lentement.

«Toujours accordé, alors?

— Oui.» Il plaqua encore quelques accords, avant d'improviser une mélodie, un semblant de mélodie. Il se ferait un plaisir d'oublier le but de sa visite, de rester seul et abandonné, le temps de jouer une heure ou deux, sur son piano.

«Je n'ai plus joué depuis un an», dit-il en guise d'explication. Sa femme était retournée vers la porte, à présent, elle allait appeler Miranda et dut ravaler son souffle pour répondre :

«Vraiment? Moi je trouve ça pas mal. Miranda, appela-t-elle. Miranda, Miranda.» Sa voix passait des graves aux aigus sur trois notes dont la dernière était la plus haute et traînait en longueur sur le mode interrogatif. Stephen rejoua les trois notes au piano, et sa femme s'interrompit brusquement. Elle lui lança un regard peu amène. «Très drôle.

— Tu sais que tu as une voix très musicale», dit Stephen sans ironie. Elle revint vers l'intérieur de la pièce.

«Tu as toujours l'intention de demander à Miranda de passer un moment chez toi?» Stephen ferma le piano et se résigna aux hostilités.

«Tu as commencé à l'influencer, si je comprends bien?» Elle croisa les bras.

«Elle ne partira pas avec toi. Pas toute seule en tout cas.

"There isn't room in the flat for you as well."

"And thank God there isn't." Stephen stood up and raised his hand like an Indian chief.

"Let's not," he said. "Let's not." She nodded and returned to the door and called out to their daughter in a steady tone, immune to imitation. Then she said quietly. "I'm talking about Charmian. Miranda's friend."

"What's she like?"

She hesitated. "She's upstairs. You'll see her."

"Ah…"

They sat in silence. From upstairs Stephen heard giggling, the familiar, distant hiss of the plumbing, a bedroom door opening and closing. From his shelves he picked out a book about dreams and thumbed through. He was aware of his wife leaving the room, but he did not look up. The setting afternoon sun lit the room. "An emission during a dream indicates the sexual nature of the whole dream, however obscure and unlikely the contents are. Dreams culminating in emission may reveal the object of the dreamer's desire as well as his inner conflicts. An orgasm cannot lie."

— Il n'y a pas de place dans l'appartement pour toi en plus.

— Encore heureux, je suis soulagée de l'entendre. » Stephen se mit debout et leva une main à la façon d'un chef indien.

« Ne commençons pas, dit-il. Ne commençons pas. » Elle opina avant de retourner vers la porte pour appeler leur fille d'une voix posée, ne se prêtant pas aux imitations. Puis elle précisa calmement : « Je fais allusion à Charmian. L'amie de Miranda.

— À quoi ressemble-t-elle ? »

Elle hésita. « Elle est là-haut. Tu vas la voir.

— Ah… »

Ils gardèrent le silence. Stephen entendit glousser à l'étage, puis il y eut le sifflement lointain et familier de la plomberie, et une porte de chambre qui s'ouvrait, puis se refermait. De sa bibliothèque, il sortit un livre sur les rêves, qu'il feuilleta. Il se rendit compte que sa femme quittait la pièce mais ne leva pas les yeux. Le soleil de fin d'après-midi éclairait le salon. « Une émission intervenant pendant un rêve indique la nature sexuelle de ce rêve, si obscur et improbable qu'en soit le contenu. Un rêve qui se solde par une éjaculation peut être révélateur tant de l'objet du désir de celui qui rêve, que de ses conflits internes. L'orgasme ne ment pas. »

"Hello, Daddy," said Miranda. "This is Charmian, my friend." The light was in his eyes and at first he thought they held hands, like mother and child side by side before him, illuminated from behind by the orange dying sun, waiting to be greeted. Their recent laughter seemed concealed in their silence. Stephen stood up and embraced his daughter. She felt different to the touch, stronger perhaps. She smelt unfamiliar, she had a private life at last, accountable to no one. Her bare arms were very warm.

"Happy birthday," Stephen said, closing his eyes as he squeezed her and preparing to greet the minute figure at her side. He stepped back smiling and virtually knelt before her on the carpet to shake hands, this doll-like figurine who stood no more than 3 foot 6 at his daughter's side, whose wooden, oversized face smiled steadily back at him.

"I've read one of your books," was her calm first remark. Stephen sat back in his chair. The two girls still stood before him as though they wished to be described and compared. Miranda's T-shirt did not reach her waist by several inches and her growing breasts lifted the edge of the shirt clear of her belly. Her hand rested on her friend's shoulder protectively.

"Really?" said Stephen after some pause. "Which one?"

« Bonjour, papa, dit Miranda. Je te présente Charmian, mon amie. » Il avait la lumière dans les yeux et crut d'abord qu'elles se tenaient par la main, tels une mère et son enfant, illuminées en contre-jour par le feu orange du soleil couchant, attendant d'être saluées. Leur précédent rire semblait encore présent, caché dans leur silence. Stephen se leva et embrassa sa fille. Elle était différente au contact, plus ferme peut-être. Elle avait une odeur nouvelle, une vie privée, dont elle n'avait à rendre compte à personne. Ses bras nus étaient très chauds.

« Joyeux anniversaire », dit Stephen, fermant les yeux en la serrant contre lui et s'apprêtant à saluer la minuscule silhouette à côté d'elle. Il recula d'un pas en souriant et s'agenouilla pratiquement sur le tapis pour lui serrer la main, à cette espèce de poupée qui dépassait le mètre de quelques centimètres et se tenait à côté de sa fille, avec sa grosse tête au visage inexpressif qui lui rendait placidement son sourire.

« J'ai lu un de vos livres », fut sa première remarque tranquille. Stephen se rassit dans son fauteuil. Les deux fillettes restèrent debout devant lui, comme si elles voulaient être l'objet d'une description comparative. Le T-shirt de Miranda était trop court de plusieurs centimètres pour lui arriver à la taille et les deux seins qui lui poussaient maintenaient le tissu à distance de son ventre. Elle posait une main protectrice sur l'épaule de son amie.

« Vraiment ? dit Stephen au bout d'un instant. Lequel ?

"The one about evolution."

"Ah..." Stephen took from his pocket the envelope containing the record token and gave it to Miranda. "It's not much," he said, remembering the bag full of gifts. Miranda retired to a chair to open her envelope. The dwarf however remained standing in front of him, regarding him fixedly. She fingered the hem of her child's dress.

"Miranda told me a lot about you," she said politely. Miranda looked up and giggled.

"No I didn't," she protested. Charmian went on.

"She's very proud of you." Miranda blushed. Stephen wondered at Charmian's age.

"I haven't given her much reason to be," he found himself saying, and gestured at the room to indicate the nature of his domestic situation. The tiny girl gazed patiently into his eyes and he felt for a moment poised on the edge of total confession. I never satisfied my wife in marriage, you see. Her orgasms terrified me. Miranda had discovered her present. With a little cry she left her chair, cradled his head between her hands and stooping down kissed his ear.

"Thank you," she murmured hotly and loudly, "thank you, thank you." Charmian took a couple of paces nearer till she was almost standing between his open knees. Miranda settled on the arm of his chair. It grew darker. He felt the warmth of Miranda's body on his neck.

— Celui sur l'évolution.

— Ah… » Stephen sortit de sa poche le bon d'achat de disques et le tendit à Miranda. « Ce n'est pas grand-chose », dit-il, en se souvenant du sac plein de cadeaux. Miranda s'installa sur une chaise pour ouvrir l'enveloppe. Mais la naine resta plantée devant lui. Elle le regardait fixement en tripotant l'ourlet de sa robe d'enfant.

« Miranda m'a beaucoup parlé de vous », dit-elle poliment. Miranda leva les yeux et pouffa.

« Non, ce n'est pas vrai », protesta-t-elle. Ce qui n'empêcha pas Charmian de poursuivre.

« Elle est très fière de vous. » Miranda rougit. Stephen s'interrogea sur l'âge de Charmian.

« Je ne lui ai pas donné beaucoup de raisons de l'être », s'entendit-il répondre, et il fit un geste circulaire de la main autour de la pièce comme pour indiquer la nature de sa situation familiale. La minuscule fillette continua de le fixer patiemment et il se sentit un instant au bord de la confession complète. Je n'ai jamais satisfait ma femme au cours de notre mariage, voyez-vous. Ses orgasmes me terrifiaient. Miranda avait découvert son cadeau. Avec un petit cri, elle se leva de sa chaise, lui prit gentiment la tête entre ses mains et se pencha pour lui poser un baiser sur l'oreille.

« Merci, murmura-t-elle avec chaleur et conviction. Merci, merci. » Charmian s'approcha encore de quelques pas, jusqu'à se trouver presque entre ses genoux écartés. Miranda s'installa sur le bras du fauteuil. L'obscurité continuait de tomber. Il sentit la chaleur du corps de Miranda sur son cou.

She slipped down a little farther and rested her head on his shoulder. Charmian stirred. Miranda said, "I'm glad you came," and drew her knees up to make herself smaller. From outside Stephen heard his wife moving from one room to another. He lifted his arm round his daughter's shoulder, careful not to touch her breasts, and hugged her to him.

"Are you coming to stay with me when the holidays begin?"

"Charmian too..." She spoke childishly, but her words were delicately pitched between inquiry and stipulation.

"Charmian too," Stephen agreed. "If she wants to." Charmian let her gaze drop and said demurely, "Thank you."

During the following week Stephen made preparations. He swept the floor of his only spare room, he cleaned the windows there and hung new curtains. He hired a television. In the mornings he worked with customary numbness and entered his achievements in the ledger book. He brought himself at last to set out what he could remember of his dream. The details seemed to be accumulating satisfactorily. His wife was in the café. It was for her that he was buying coffee. A young girl took a cup and held it to the machine. But now *he* was the machine, now *he* filled the cup. This sequence, laid out neatly, cryptically in his journal, worried him less now.

Elle se laissa glisser davantage et posa la tête au creux de son épaule. Charmian s'agita. Miranda dit : «Je suis contente que tu sois venu», en remontant ses genoux contre son menton pour se faire encore plus petite. Stephen entendait sa femme circuler d'une pièce à l'autre de la maison. Il leva le bras autour de l'épaule de sa fille et, prenant soin de ne pas toucher sa poitrine, il la serra contre lui.

«Est-ce que tu viendras dormir chez moi au début des vacances?

— Charmian aussi...» Le ton était enfantin, mais les mots articulés avec soin et l'intonation située entre l'interrogation et la stipulation.

«Charmian aussi, concéda Stephen. Si elle en a envie.» Charmian baissa les yeux pour dire d'un air faussement modeste : «Merci.»

La semaine qui suivit, Stephen la consacra aux préparatifs. Il balaya le plancher de l'unique chambre d'amis, nettoya les carreaux et installa des rideaux neufs. Il loua un poste de télévision. Le matin, il travaillait avec son habituelle inertie et consignait ses résultats dans le grand registre. Il finit par se décider à chercher dans sa mémoire les souvenirs qu'il gardait de son rêve. Les détails semblaient s'accumuler de façon satisfaisante. Sa femme se trouvait dans le café. C'est pour elle qu'il commandait l'expresso. Une jeune fille prenait une tasse et la plaçait sous le percolateur. Mais à présent, il était, *lui*, le percolateur, c'est *lui* qui emplissait la tasse. Cette séquence, exposée de façon codée mais nette dans son journal, le tourmentait moins, à présent.

It had, as far as he was concerned, a certain literary potential. It needed fleshing out, and since he could remember no more he would have to invent the rest. He thought of Charmian, of how small she was, and he examined carefully the chairs ranged round the dining-room table. She was small enough for a baby's high chair. In a department store he carefully chose two cushions. The impulse to buy the girls presents he distrusted and resisted. But still he wanted to do things for them. What could he do? He raked out gobs of ancient filth from under the kitchen sink, poured dead flies and spiders from the lamp fixtures, boiled fetid dishclothes; he bought a toilet brush and scrubbed the crusty bowl. Things they would never notice. Had he really become such an old fool? He spoke to his wife on the phone.

"You never mentioned Charmian before."

"No," she agreed. "It's a fairly recent thing."

"Well..." he shrugged, "how do you feel about it?"

"It's fine by me," she said, very relaxed. "They're good friends." She was trying him out, he thought. She hated him for his fearfulness, his passivity and for all the wasted hours between the sheets. It took her many years of marriage to say so. The experimentation in his writing, the lack of it in his life. She hated him.

Elle possédait, en ce qui le concernait, un certain potentiel littéraire. Il faudrait étoffer un peu et, dans la mesure où ses souvenirs s'arrêtaient là, il devrait inventer le reste. Il pensa à Charmian, à sa taille minuscule, et il examina les chaises disposées autour de la table de la salle à manger. Elle aurait été bien dans une chaise haute d'enfant. Dans un grand magasin, il choisit soigneusement deux coussins. Il résista à l'envie d'acheter des cadeaux pour les filles, méfiant. Mais il désirait tout de même faire des choses pour elles. Quoi ? Il décapa des traces de crasse ancienne sous l'évier de la cuisine, débarrassa les lampes des mouches et araignées mortes, mit à bouillir des torchons nauséabonds ; il acheta une balayette à WC et frotta la cuvette entartrée. Des choses qu'elles ne remarqueraient jamais. Avait-il à ce point viré au vieil imbécile ? Il parla au téléphone avec sa femme.

« Tu ne m'avais jamais parlé de Charmian.

— Non, convint-elle. C'est une histoire assez récente.

— Bref..., dit-il en haussant les épaules. Tu en penses quoi ?

— Pour moi, tout va bien, dit-elle, tout à fait décontractée. Elles s'entendent très bien. » Il se dit qu'elle cherchait à le pousser dans ses retranchements. Elle lui en voulait pour son manque d'audace, pour sa passivité, et pour toutes les heures gâchées au lit. Il lui avait fallu des années de mariage pour l'exprimer. Son goût de l'expérimentation dans l'écriture, sa timidité dans la vie. Elle le détestait.

And now she had a lover, a vigorous lover. And still he wanted to say, is it right, our lovely daughter with a friend who belongs by rights in a circus or silk-hung brothel serving tea? Our flaxen-haired, perfectly formed daughter, our tender bud, is it not perverse?

"Expect them Thursday evening," said his wife by way of goodbye.

When Stephen answered the door he saw only Charmian at first, and then he made out Miranda outside the tight circle of light from the hall, struggling with both sets of luggage. Charmian stood with her hands on her hips, her heavy head tipped slightly to one side. Without greeting she said, "We had to take a taxi and he's downstairs waiting."

Stephen kissed his daughter, helped her in with the cases and went downstairs to pay the taxi. When he returned, a little out of breath from the two flights of stairs, the front door of his flat was closed. He knocked and had to wait. It was Charmian who opened the door and stood in his path.

"You can't come in," she said solemnly. "You'll have to come back later," and she made as if to close the door. Laughing in his nasal, unconvincing way, Stephen lunged forwards, caught her under her arms and scooped her into the air. At the same time he stepped into the flat and closed the door behind him with his foot.

Et elle avait un amant, à présent, un amant plein d'ardeur. Pourtant, il avait envie de demander si c'était bien normal, ces relations entre leur adorable fille et une amie dont la place était dans un cirque, ou un bordel aux murs tapissés de soie, où elle servirait le thé. Notre fille aux cheveux de lin, au corps parfait, notre tendre cœur, n'est-ce pas de la perversité ?

« Elles seront chez toi jeudi soir », dit sa femme pour prendre congé.

Lorsque Stephen ouvrit la porte, il commença par ne voir que Charmian, avant de distinguer Miranda à l'extérieur du maigre cercle de lumière offert par le vestibule, en train de se battre avec les bagages de deux personnes. Charmian était plantée sur le seuil, les mains sur les hanches et sa grosse tête légèrement inclinée de côté. Sans dire bonjour, elle annonça : « Nous avons dû prendre un taxi, et il attend en bas. »

Stephen embrassa sa fille, l'aida à rentrer les valises, et descendit payer le taxi. À son retour, un peu essoufflé d'avoir monté deux étages, il trouva la porte de l'appartement fermée. Il frappa et dut attendre. Charmian vint ouvrir et lui barra le passage.

« Vous ne pouvez pas entrer, dit-elle solennellement. Veuillez revenir plus tard », et elle fit mine de claquer la porte. Avec un rire nasal, peu convaincant, Stephen plongea en avant, l'attrapa sous les bras, et la souleva de terre. Dans le même temps il pénétrait dans l'appartement et refermait la porte derrière lui d'un coup de pied.

He meant to lift her high in the air like a child, but she was heavy, heavy like an adult, and her feet trailed a few inches above the ground, it was all he could manage. She thumped his hand with her fists and shouted.

"Put me..." Her last word was cut off by the crash of the door. Stephen released her instantly. "... down," she said softly. They stood in the bright hallway, both a little out of breath. For the first time he saw Charmian's face clearly. Her head was bullet shaped and ponderous, her lower lip curled permanently outwards and she had the beginnings of a double chin. Her nose was squat and she had the faint downy greyness of a moustache. Her neck was thick and bullish. Her eyes were large and calm, set far apart, brown like a dog's. She was not ugly, not with these eyes. Miranda was at the far end of the long hall. She wore ready-faded jeans and a yellow shirt. Her hair was in plaits and tied at the end with a scrap of blue denim. She came and stood by her friend's side.

"Charmian doesn't like being lifted about," she explained. Stephen guided them towards his sitting room.

"I'm sorry," he said to Charmian and laid his hand on her shoulder for an instant. "I didn't know that."

"It was only joking when I came to the door," she said evenly.

"Yes of course," Stephen said hurriedly. "I didn't think anything else."

Son intention était de la hisser en l'air comme une enfant, sauf qu'elle était lourde, lourde comme une adulte, et ses pieds ne décollèrent du sol que de quelques centimètres, point final. Elle lui martelait les mains de coups de poing en criant.

«Posez-moi...» La suite fut coupée par le claquement de la porte. Stephen la libéra instantanément. «... par terre», dit-elle doucement. Ils se faisaient face dans le couloir bien éclairé, le souffle court l'un et l'autre. Pour la première fois, il vit clairement le visage de Charmian. Sa tête ronde comme une bille était pesante, elle faisait la lippe en permanence et avait un début de double menton. Le nez était écrasé, et un léger duvet gris dessinait une moustache sur la lèvre supérieure. Elle avait le cou épais, genre cou de taureau. Les yeux étaient grands et calmes, écartés, marron comme des yeux de chien. Elle n'était pas laide, pas avec de tels yeux. Miranda se trouvait à l'autre bout du long couloir. Elle portait un jeans vendu délavé, et une chemise jaune. Ses cheveux étaient coiffés en nattes retenues par un morceau de coton bleu. Elle vint se poster à côté de son amie

«Charmian n'aime pas être portée», expliqua-t-elle. Stephen les introduisit dans le salon.

«Je suis désolé, dit-il à Charmian en lui posant quelques secondes la main sur l'épaule. Je n'étais pas au courant.

— Je plaisantais, lorsque je suis venue ouvrir, dit-elle d'une voix égale.

— Évidemment, s'empressa de répondre Stephen. Je n'en ai jamais douté.»

During dinner, which Stephen had bought ready-cooked from a local Italian restaurant, the girls talked to him about their school. He allowed them a little wine and they giggled a lot and clutched at each other when they fell about. They prompted each other through a story about their head-master who looked up girls' skirts. He remembered some anecdotes of his own time at school, or perhaps they were other people's time, but he told them well and they laughed delightedly. They became very excited. They pleaded for more wine. He told them one glass was enough.

Charmian and Miranda said they wanted to do the dishes. Stephen sprawled in an armchair with a large brandy, soothed by the blur of their voices and the homely clatter of dishes. This was where he lived, this was his home. Miranda brought him coffee. She set it down on the table with the mock deference of a waitress.

"Coffee, sir?" she said. Stephen moved over in his chair and she sat in close beside him. She moved easily between woman and child. She drew her legs up like before and pressed herself against her large shaggy father. She had unloosened her plaits and her hair spread across Stephen's chest, golden in the electric light.

"Have you found a boy-friend at school?" he asked.

Pendant le dîner, que Stephen avait acheté tout prêt à un restaurant italien du quartier, les fillettes lui parlèrent de leur école. Il leur permit un petit peu de vin, et elles pouffaient abondamment en s'accrochant l'une à l'autre lorsqu'elles étaient prises de fou rire. Elles se soufflèrent mutuellement les détails d'une histoire à propos de leur directeur qui regardait sous les jupes des filles. Il se rappela quelques anecdotes de sa propre scolarité ou peut-être s'agissait-il de la scolarité de quelqu'un d'autre, mais il les raconta fort bien et elles rirent de bon cœur. Elles étaient très excitées. Réclamèrent encore du vin. Il dit qu'un verre était suffisant.

Charmian et Miranda se portèrent volontaires pour la vaisselle. Stephen s'affala dans un fauteuil avec un grand verre de cognac; apaisé par le bourdonnement de leurs voix et le cliquetis familier des assiettes. Il était chez lui, dans sa maison. Miranda lui apporta du café. Elle posa la tasse sur la table en parodiant la déférence d'une serveuse.

« Café, monsieur ? » demanda-t-elle. Stephen se poussa dans son fauteuil et elle vint s'asseoir tout contre lui. Elle évoluait avec aisance entre la femme et la petite fille. Elle remonta les genoux sous le menton, comme précédemment, et se serra fort contre son grand bonhomme hirsute de père. Elle avait défait ses nattes, et ses cheveux, dorés sous la lumière électrique, balayaient la poitrine de Stephen.

« Tu t'es trouvé un petit ami à l'école ? » demanda-t-il.

She shook her head and kept it pressed against his shoulder.

"Can't find a boy-friend, eh?" Stephen insisted. She sat up suddenly and lifted her hair clear of her face.

"There are loads of boys," she said angrily, "loads of them, but they're so *stupid*, they're such show-offs." Never before had the resemblance between his wife and daughter seemed so strong. She glared at him. She included him with the boys at school. "They're always doing things."

"What sort of thing?" She shook her head impatiently.

"I don't know... the way they comb their hair and bend their knees."

"Bend their knees?"

"Yes. When they think you're watching them. They stand in front of our window and pretend they're combing their hair when they're just looking in at us, showing off. Like this." She sprang out of the chair and crouched in the centre of the room in front of an imaginary mirror, bent low like a singer over a microphone, her head tilted grotesquely, combing with long, elaborate strokes; she stepped back, preened and then combed again. It was a furious imitation. Charmian was watching it too. She stood in the doorway with coffee in each hand.

"What about you, Charmian," Stephen said carelessly, "do you have a boy-friend?"

Elle secoua négativement la tête en la laissant blottie contre son épaule.

«Tu n'en trouves pas, ou quoi?» insista Stephen. Elle se dressa brusquement et dégagea les cheveux de son visage.

«Des garçons, il y en a des tonnes, se fâchat-elle. Des tonnes de débiles et de frimeurs.» Jamais encore la ressemblance entre sa femme et sa fille n'avait semblé si éclatante. Elle lui lança un regard assassin. Il était englobé dans les garçons de l'école. «Il faut toujours qu'ils fassent des trucs.

— Des trucs de quel genre?» Elle eut un mouvement de tête agacé.

«Je ne sais pas, moi... leur façon de se coiffer et de plier les genoux.

— Plier les genoux?

— Oui. Quand ils croient qu'on les regarde. Ils se plantent devant notre fenêtre et font semblant de se coiffer alors qu'ils regardent à l'intérieur, ils nous reluquent, ils friment. Comme ça.» Elle se leva d'un bond pour se tenir les jambes à demi fléchies devant un miroir imaginaire au milieu de la pièce, pliée en deux comme un chanteur sur son micro, la tête basculée de façon ridicule pour se coiffer avec de longs gestes sophistiqués; elle recula d'un pas, admira le tableau, et se peigna de nouveau. Une imitation au vitriol. Charmian regardait aussi. Elle était sur le pas de la porte, une tasse de café dans chaque main.

«Et vous, Charmian? interrogea Stephen négligemment. Vous avez un petit ami?»

Charmian set the coffee cups down and said, "Of course I don't," and then looked up and smiled at them both with the tolerance of a wise old woman.

Later on he showed them their bedroom.

"There's only one bed," the told them. "I thought you wouldn't mind sharing it." It was an enormous bed, seven foot by seven, one of the few large objects he had brought with him from his marriage. The sheets were deep red and very old, from a time when all sheets were white. He did not care to sleep between them now, they had been a wedding present. Charmian lay across the bed, she hardly took up more room than one of the pillows. Stephen said goodnight. Miranda followed him into the hall, stood on tiptoe to kiss him on the cheek.

"*You're* not a show-off," she whispered and clung to him. Stephen stood perfectly still. "I wish you'd come home," she said. He kissed the top of her head.

"This is home," he said. "You've got two homes now." He broke her hold and led her back to the entrance of the bedroom. He squeezed her hand. "See you in the morning," he murmured, left her there and hurried into his study. He sat down, horrified at his erection, elated. Ten minutes passed. He thought he should be sombre, analytical, this was a serious matter.

Charmian posa les tasses en disant : « Bien sûr que non », avant de lever les yeux pour les gratifier l'un et l'autre d'un sourire indulgent de vieille dame pleine de sagesse.

Plus tard, il leur montra leur chambre.

« Il n'y a qu'un seul lit, leur dit-il. J'ai pensé que vous ne verriez pas d'inconvénient à dormir ensemble. » C'était un lit gigantesque, plus de deux mètres carrés, un des rares objets volumineux qu'il avait récupérés de son mariage. Les draps étaient rouge vif et très vieux, de l'époque où les draps étaient tous blancs. Il n'avait pas envie de dormir dedans, à présent, car il s'agissait d'un cadeau de mariage. Charmian s'allongea en travers du lit où elle n'occupait guère plus de place qu'un oreiller. Stephen leur souhaita bonne nuit. Miranda le suivit dans le couloir et grimpa sur la pointe des pieds pour l'embrasser sur la joue.

« Toi, tu n'es pas un frimeur », murmura-t-elle en s'accrochant à son cou. Stephen ne bougea pas d'un millimètre. « Je voudrais bien que tu reviennes à la maison », ajouta-t-elle. Il lui posa un baiser sur le haut du crâne.

« C'est la maison, ici, dit-il. Tu as deux maisons maintenant. » Et de briser son étreinte pour la ramener vers la porte de la chambre. Il serra fort sa main. « À demain matin », murmura-t-il, avant de la laisser pour foncer jusqu'à son bureau. Il s'assit, horrifié par son érection, et ravi. Dix minutes s'écoulèrent. Il aurait dû être d'humeur sombre, réfléchir, se dit-il, il s'agissait d'une affaire sérieuse.

But he wanted to sing, he wanted to play his piano, he wanted to go for a walk. He did none of those things. He sat still, staring ahead, thinking of nothing in particular, and waited for the chill of excitement to leave his belly.

When it did he went to bed. He slept badly. For many hours he was tormented by the thought that he was still awake. He awoke completely from fragmentary dreams into total darkness. It seemed to him then that for some time he had been hearing a sound. He could not remember what the sound was, only that he had not liked it. It was silent now, the darkness hissed about his ears. He wanted to piss, and for a moment he was afraid to leave his bed. The certainty of his own death came to him now as it occasionally did, but of dying now. 3.15 a.m. lying still with the sheet drawn up round his neck and wanting, like all mortal animals, to urinate. He turned the light on and went to the bathroom. His cock was small in his hands, nut brown and wrinkled by the cold, or perhaps the fear. He felt sorry for it. As he pissed his stream split in two. He pulled his foreskin a little and the streams converged. He felt sorry for himself. He stepped back into the hallway, and as he closed the bathroom door behind him and cut off the rumble of the cistern he heard that sound again, the sound he had listened to in his sleep.

Or il avait envie de chanter, de jouer sur son piano, d'aller se balader. Ce qu'il ne fit pas. Il ne bougea pas de son siège et resta le regard fixe, sans pensée particulière, attendant que le frisson de l'excitation quittât son bas-ventre.

Lorsque ce fut chose faite, il se coucha. Et dormit mal. La pensée qu'il était toujours éveillé le tourmenta pendant plusieurs heures. Il finit par s'éveiller totalement de deux fragments de rêve dont il émergea dans l'obscurité complète. Il avait l'impression d'avoir entendu un bruit qui avait duré assez longtemps. Sans pouvoir se souvenir de la nature de ce bruit, il savait en revanche qu'il ne l'avait pas aimé. Tout était silencieux, à présent, les ténèbres sifflaient à ses oreilles. Il avait envie de pisser, mais redouta un moment de quitter son lit. La certitude de sa propre mort le visita, comme il lui arrivait parfois, mais une mort immédiate, maintenant, à trois heures et quart du matin, alors qu'il était étendu immobile, le drap remonté jusqu'au menton, avec l'envie, commune à tous les animaux mortels, d'uriner. Il alluma la lumière et se rendit aux toilettes. Sa bite était petite dans sa main, couleur noisette et ratatinée, par le froid ou peut-être la peur. Il eut pitié d'elle. Pendant qu'il pissait, le jet se divisa en deux. Il tira un peu sur le prépuce, et les deux jets convergèrent. Il s'apitoya sur lui-même. Puis il revint vers le couloir et, comme il refermait la porte sur le grondement de la chasse d'eau, il entendit de nouveau le bruit, celui qu'il avait écouté dans son sommeil.

A sound so forgotten, so utterly familiar that only now as he advanced very cautiously along the hallway did he know it to be the background for all other sounds, the frame of all anxieties. The sound of his wife in, or approaching, orgasm. He stopped several yards short of the girls' bedroom. It was a low moan through the medium of a harsh, barking cough, it rose imperceptibly in pitch through fractions of a tone, then fell away at the end, down but not very far, still higher than the starting-point. He did not dare to go nearer the door. He strained to listen. The end came and he heard the bed creak a little, and footsteps across the floor. He saw the door handle turn. Like a dreamer he asked no questions, he forgot his nakedness, he had no expectations.

Miranda screwed up her eyes in the brightness. Her yellow hair was loose. Her white cotton night-dress reached her ankles and its folds concealed the lines of her body. She could be any age. She hugged her arms round her body. Her father stood in front of her, very still, very massive, one foot in front of the other as though frozen mid-step, arms limp by his side, his naked black hairs, his wrinkled, nut-brown naked self. She could be a child or a woman, she could be any age. She took a little step forward.

"Daddy," she moaned, "I can't get to sleep." She took his hand and he led her into the bedroom.

Un bruit si totalement oublié et familier à la fois qu'il sut, à cet instant seulement, alors qu'il marchait dans le couloir sur la pointe des pieds, qu'il était la toile de fond de tous les autres bruits, le fondement de toutes les angoisses. C'était le bruit que faisait sa femme, au moment, ou à l'approche, de l'orgasme. Il s'immobilisa à plusieurs mètres de la chambre des filles. Un gémissement grave, porté par un halètement sec, montant imperceptiblement vers les aigus par fractions de ton, pour retomber en final, plus bas mais point trop, au-dessus en tout cas de son point de départ. Il n'osait pas approcher de la porte. Il tendait seulement l'oreille. La fin arriva et il entendit le lit grincer un peu, puis des bruits de pas sur le sol. Il vit le bouton de porte tourner. Tel un rêveur il ne se posa pas de questions, oublia sa nudité, il n'attendait rien.

Miranda plissa les yeux dans la lumière. Ses cheveux jaunes étaient lâchés. Sa chemise de nuit de coton blanc lui descendait sur les chevilles et ses plis dissimulaient les contours de son corps. Elle aurait pu avoir n'importe quel âge. Elle avait les bras croisés et serrés autour du buste. Son père était debout devant elle, immobile, massif, un pied devant l'autre comme figé à mi-course, les bras ballant le long du corps, avec ses poils noirs, avec son intimité noisette et ratatinée. Elle aurait pu être une enfant ou une femme, elle aurait pu avoir n'importe quel âge. Elle fit un pas en avant.

« Papa, gémit-elle. Je n'arrive pas à dormir. » Elle lui prit la main et l'emmena dans sa chambre.

Charmian lay curled up on the far side of the bed, her back to them. Was she awake, was she innocent? Stephen held back the bedclothes and Miranda climbed between the sheets. He tucked her in and sat on the edge of the bed. She arranged her hair.

"Sometimes I get frightened when I wake up in the middle of the night," she told him.

"So do I," he said and bent over and kissed her lightly on the lips.

"But there's nothing to be frightened of really, is there?"

"No," he said. "Nothing." She settled herself deeper into the deep red sheets and gazed into his face.

"Tell me something though, tell me something to make me go to sleep." He looked across at Charmian.

"Tomorrow you can look in the cupboard in the hall. There's a whole bag of presents in there."

"For Charmian too?"

"Yes." He studied her face by the light from the hall. He was beginning to feel the cold. "I bought them for your birthday," he added. But she was asleep and almost smiling, and in the pallor of her upturned throat he thought he saw from one bright morning in his childhood a field of dazzling white snow which he, a small boy of eight, had not dared scar with footprints.

Charmian était pelotonnée à l'autre bout du lit, le dos tourné. Dormait-elle, était-elle innocente ? Stephen écarta les draps et Miranda se glissa sous les couvertures. Il la borda et s'assit au bord du lit. Elle arrangea ses cheveux.

« Quelquefois, j'ai peur en me réveillant au milieu de la nuit, lui dit-elle.

— Moi aussi, dit-il en lui posant un léger baiser sur les lèvres.

— Mais il n'y a aucune raison d'avoir peur, en fait, si ?

— Non, dit-il. Aucune. » Elle s'enfonça plus profondément sous les draps rouges et scruta son visage.

« Raconte-moi tout de même quelque chose pour m'aider à dormir. » Il regarda du côté de Charmian.

« Demain, tu pourras aller voir dans le placard du couloir. Il y a un sac plein de cadeaux pour toi.

— Pour Charmian aussi ?

— Oui. » Il observa son visage éclairé par la lumière du couloir. Il commençait à sentir le froid. « Je les ai achetés pour ton anniversaire », ajouta-t-il. Mais elle était endormie et souriait presque, et, dans la pâleur de sa gorge offerte, il crut voir le blanc éblouissant d'un champ de neige de son enfance, qu'un matin de ses huit ans il n'avait pas osé fouler aux pieds.

Préface
de Christine Jordis 7

Heavy Water/Eau lourde
de Martin Amis 19

Learning to Swim/La leçon de natation
de Graham Swift 65

In Between the Sheets/Sous les draps
de Ian McEwan 127

Composition Interligne.
Impression CPI Bussière à Saint-Amand (Cher),
le 3 avril 2010.
Dépôt légal : avril 2010.
1ᵉʳ dépôt légal dans la collection : février 2006.
Numéro d'imprimeur : 101034/1.
ISBN 978-2-07-030997-9./Imprimé en France.

176449